变成树的亚沙
木になった亜沙

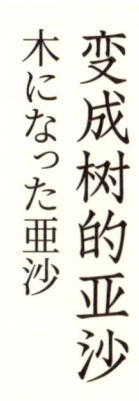

［日］今村夏子 著
朱娅姣 译

中国友谊出版公司

亚沙和母亲同住一间小公寓，公寓后方有一片房东打理的向日葵花田。一天，母亲回家时拎着装满向日葵种子的袋子，说是房东给的。一连数日，亚沙和母亲在房间正中央摊开报纸，不停地给种子剥壳。剥得只剩白色小粒后，母亲用平底煎锅烘熟它们，撒上盐，种子成了亚沙的小零食。亚沙在餐桌前探出身子，一粒一粒捏起泛着油光的种子，送入口中咀嚼，唇齿留香。时不时，能吃到几颗盐粒。从正在洗东西的母亲那儿要了杯水后，亚沙又开始一粒一粒地吃起来。

"我想把这个带去幼儿园。"她边吸吮沾了盐粒的手指头边说。

第二天,母亲递给亚沙一个鼓鼓的牛皮纸信封,叫她带上。

"别吃独食哦,跟大家分着吃。"

教室里,亚沙朝风琴后方招招手,把最好的朋友琉美叫到身边。

"怎么啦?"

"看,这个。"

琉美把脸凑过来。亚沙一打开带着油渍的牛皮纸信封封口,她就小心翼翼地向里张望。

"这是什么?"

琉美不知道向日葵有种子。即使亚沙已做出解释,她还是歪着脑袋。

"这是向日葵的种子?"

当着琉美的面,亚沙捏起一粒放进嘴里。

"啊,吃下去了!"

"能吃哦。"

变成树的亚沙

目录

变成树的亚沙	1
成为靶子的七未	43
某个夜晚的回忆	145

"好吃？"

"好吃呀。"

"肚子会痛的。"

"不会啦。你尝尝？"

琉美摇摇头。

"不了，我不吃。"

"很好吃。"亚沙又说了一遍。

哗啦哗啦，她歪歪信封，把种子倒在自己手心里，往琉美面前一递。

"来，尝尝。"

"不了，我不吃。"

"为什么？很好吃的。"

"不吃。"

"就吃一点点。"

"说不吃就不吃。"

"琉美……"

"不吃！不吃！不吃！"

琉美推开亚沙的手，拿起跳绳，跑到院子里去了。

亚沙升入小学那年，母女二人搬了家，和住在琦玉的外婆生活在同一屋檐下。外婆家充斥着亚沙此前的生活中从未见过的东西，比如沙发、地毯、遥控器、淋浴、微波炉。上小学一年级时，在母亲的帮助下，亚沙用外婆也只用过一次的铮亮的烤箱烤出了人生第一盘小饼干。班上的大红人山崎俊同学要转学，作为饯别礼，亚沙打算送他自己亲手制作的饼干。第一个学期，亚沙与山崎俊同学在出剪刀石头布时落了败，负责失物招领那摊事儿。要是负责饲养小动物该有多好——当时，二人一起发过牢骚。

亚沙的饼干烤得很棒，她照自己的想法在面团里加入葡萄干和花生是正确的。亚沙很想尝一尝剩下的十块好不好吃，但硬是忍住了，她把饼干塞进袋子里，用粉色丝带系好封口。

第二天，亚沙说着"吃吃看"，把饼干递给山崎同学，他却回了句"我不要"。之所以被拒绝，是因为亚沙没有调查清楚对方的喜好。他讨厌葡萄干和花生，饼干这东西，更是讨厌到极致，看着都害怕。亚沙满心悲伤，目送撂下句"保重啊"就逃开的山崎同学远去，朝他的背影挥了挥手。

后来，亚沙又试着烤了一次饼干。当然，还是在母亲的帮助下完成的。这一次，饼干里没放葡萄干和花生。山崎同学已经走了，亚沙只好在敬老日那天把烤好的饼干当作礼物送给了外婆。外婆吃不了硬东西，且患有糖尿病，一袋子饼干，收倒是收了，但似乎并不打算吃下去。饼干在餐桌上放了好久，亚沙把它拿给母亲，母亲也不吃。

"一会儿得去医院检查身体，不能吃。"母亲遗憾地说,"医生说了,让空着肚子去。"

没办法,亚沙只能自己吃。母亲说,看完医生回来后会吃。可是,做完体检后,母亲直接住院了,此后,住院出院,反反复复。

上小学二年级时,亚沙如愿以偿,当上了饲养员。饲养员的职责,就是每天给教室里的金鱼投喂鱼食。走马上任的第一天,亚沙干劲儿十足地开喂了。

"小金鱼,吃饭喽!"亚沙和金鱼搭话。

可是,金鱼们聚在水箱底部一动不动。

第二天,亚沙又来喂鱼。可跟昨天一样,哪条金鱼都不肯浮上来。另一位饲养员平井同学刚投下鱼食,鱼儿们便争先恐后地浮出水面,嘴巴一张一合,大口吃食。这样看来,它们并不是不饿。亚沙模仿平井同学的动作,试着用大拇指和中指指肚捏起放在手心里的鱼食,从高处撒落下来。可不知为什么,做这动作的若是亚沙,鱼儿们就不吃。

这个情况在班级例会上成了话题。有人提出意见，说如果继续让亚沙来喂鱼，金鱼们迟早会饿死。讨论的结果是，二人本应轮流喂鱼，现决定由平井同学一人来喂，亚沙负责记录观察日记，以及清理水面上的污物。大家你一言我一语，讨论期间，亚沙一言未发。她坐在靠窗的最后一个座位上，低着头，直勾勾地盯着自己的手掌。

还有件事，也发生在小学二年级。社会上发生过一件令人震惊的食物中毒事件，出事地点是某条大街上的婚礼现场，受害者达到百人以上。十几天后的一日，轮到亚沙给同学们打饭，菜单包括米饭、牛奶、炖牛肉、凉拌四季豆和苹果。亚沙负责给大家盛凉拌四季豆。据说，之所以出现食物中毒，是因为婚宴主菜里加进了四季豆。那种四季豆是国内种植的，与隔壁大街配餐中心所使用的产自国外的冷冻四季豆是两码事。尽管如此，亚沙说着"来，给"并递出餐盘时，同学们都不肯接下餐盘。

"不吃""好吓人""我可不想死",大家念叨着这些,看都不看亚沙和她盛好的四季豆,径直走了过去。这一幕,像极了校园霸凌(亚沙本人倒是没被欺负,至少,此时还没有)。

第二年,三年级一班的教室里同样上演了这一幕。不过,这次是真正的霸凌行为。菜单里有米饭、牛奶、八宝菜、通心粉沙拉和夏橙。那段时间并未发生食物中毒之类的事件,可是,那一日,三年级一班的孩子们没有一个人肯吃亚沙盛好的通心粉沙拉。类似情况,上四年级和五年级时也出现过,并延续到了六年级。

亚沙不想让母亲担心。学校里的事情自不必说,家里发生的事也不会和母亲讲。母亲第三次住院后,没过多久,作为一家之主的外婆便开始出现奇怪的症状,不是管亚沙叫小濑就是在厕所外头尿尿,不是接起响都没响过的电话就是和根本不存在的对象说话。最要命的是,她说亚沙做的饭里掺了毒,把饭菜摔在地上。这些变故,深深地刺伤了亚沙。班主任担心亚沙,但来亚沙家做家访时,从始至终,都没有伸手拿起过茶杯和豆沙包。见此情景,亚沙哭着对老师说,里面没掺毒药。就这样,亚沙搬出外婆家,被托付给了叔父叔母照顾。

叔父叔母刚结婚,还没有孩子。叔母是全职太太,擅长做家务,亚沙跟着她学做饭。亚沙按叔母教的步骤熬高汤,切蔬菜,加糖,转小火,可亚沙做的饭菜似乎总有种微妙的不对味。叔母做的东西,叔父会大嚼特嚼吃得精光,吃得很香;亚沙做的配菜,叔父只会夹几筷子,每次都要剩下。

"不吃了?"叔母代亚沙开口询问。

"嗯,饱了,都吃撑了。"

这话一出,盘子肯定要迅速撤下桌。刚跟叔父叔母生活在一起时，亚沙曾多次执拗地劝说叔父吃下自己做的饭菜，被叔父怒吼过几次。

夫妻二人养了一只马尔济斯，家里会把叔父剩下的东西拿去喂它。这只狗既活泼又黏人，除了不吃亚沙给的食物，它什么都吃。

亚沙升上六年级时，一直在住院的母亲去世了。在母亲弥留之际，亚沙问躺在病床上的母亲想吃什么，母亲说，寿司。

亚沙立刻去超市买来盒装手握寿司，带回病房。"寿司来啦"，说着，她把母亲最爱吃的金枪鱼寿司送到那张毫无血色的嘴边，一动不动地等着。可是，等了好一会儿，母亲的嘴角依然抿得紧紧的，嘴唇半点儿都没有张开过。

最终，亚沙没能喂母亲吃下一粒米。她对自己感到绝望。

仿佛与母亲的去世相对而行擦肩而过一样，叔父叔母的孩子诞生了，是个男婴。既爱哭，又爱笑，也爱喝奶。亚沙主动照顾婴儿，又换尿布又帮着叔母给孩子洗澡，唯独喂奶这件事她不碰，叔母也不会让她帮忙。有一次，是个周末，叔父叔母出门了，婴儿出了状况，怎么哄都哭个不停。亚沙思考了一下婴儿哭的原因，只可能是饿了。亚沙带着绝望的心情走向厨房，满心绝望地冲了牛奶。她心如死灰，把婴儿抱在膝头，把奶瓶上的奶嘴贴到婴儿的嘴边。这时，亚沙连想都不敢想的事情发生了——婴儿竟然喝起了牛奶。亚沙心想：我是不是看错了？捏着奶瓶的手在颤抖，婴儿却毫不在意，咕咚咕咚，大口喝奶，喝得一滴都不剩，随后，又哭起来。

"我，我这就去冲第二瓶！"

说着，亚沙站起身，又猛地坐下，脱下身上穿的T恤，上身赤裸。她稳稳地搂住哭泣的婴儿，把自己的乳头凑到婴儿鼻尖下，婴儿顿时止住了哭声。婴儿的小嘴一张一合,眼看嘴唇就要触碰到亚沙那不可能分泌乳汁的乳头上。这时,屋里突然传来一声巨响,归来的叔父叔母站在亚沙身后,手里的购物袋掉落在地板上。

从此亚沙再也没有接近过婴儿。

从经常放假的那所小学毕业后,亚沙升入中学。变成中学生的亚沙混进了不良少女的圈子。黑色学生包里没有一册课本,装的都是扒窃得来的酒、烟、吃的和换洗的内裤。亚沙就带着这个书包,辗转于亲戚家和朋友家。为答谢别人收留自己住一晚而送出的谢礼,比如酒和吃的,不知为何,哪户人家都不肯收。因此,亚沙的书包里基本上还是那些东西,没变过。

上学时,亚沙从被霸凌的一方变成了霸凌他人的一方。就算不停地欺负别人,亚沙心里还是填不满。有一天,放学后,亚沙把一直看不顺眼的学妹叫到体育仓库里,用头猛撞对方,在抢走对方的钱包后,亚沙命令同伴们找来死了的蝉。

"给我吃掉!"

面对亚沙的命令,学妹奋力抵抗,威胁和暴力都不奏效。学妹很倔,就是不张嘴。亚沙一次次朝她太阳穴上揍,最后,在同伴们的帮助下,亚沙硬是撬开了学妹的嘴,恳求对方"吃了它,求你了"。

夏天过去后,叔父强行把亚沙带上车,把她送到建在山里的矫正机构。那里有很多跟亚沙一样的青少年,每天过着自甘堕落的日子。这里能够指导孩子培养出健康的生活习惯,管理这所机构的是个和尚,带着太太[1],孩子们称他为"老师"。刚到的那段时间,亚沙忍受不了严格的纪律和朴素的饮食,试着逃跑,逃了好几次,可每次出逃,老师或师母都能找到她,把

---

1 日本明治时代以后,允许僧侣们"肉食妻带",所谓"肉食妻带"是指出家人喝酒吃肉,娶妻生子。

她带回来。在名为"观心阁"的房间里——屋里只放置了桌子和椅子——亚沙与老师均沉默不语,一坐就是很长时间。

"愿意说话时再说,我会等。"老师说。其间,会听到敲门声,师母悄悄从门缝向内张望,说着"悄悄吃",咔嗒,把一碟亲手烤制的戚风蛋糕放在亚沙面前。

亚沙慢慢适应了这里的生活。她每日照惯例劈柴挑水,两周左右,第二天起床就已感觉不到肌肉酸痛。集中精神完成老师布置的功课,一天时间很快就过去了。周一到周五每天专注做功课,周末到镇上去,跟机构里的小伙伴一起参加志愿者活动。对亚沙来说,虽然只有短暂的半年时间,但已经足够让她恢复身心健康了。

要是人人都能跟亚沙一样,老师和师母或许就不会那么辛苦。聚集在这里的青少年,有些人从始至终都在与他人起冲突，改不了。某天晚上吃饭时，冲突忽然爆发。争吵的原因是，一个少年刁难旁边的少年，说："你那块青花鱼个头更大，凭什么！"场面迟早会演变成互殴，不稀奇，二人的争吵声渐渐高亢起来。这时，亚沙站起身。她端着自己的餐盘，插进争吵不休的二人中间。

"不要吵架，我这份给你吃。"

听见亚沙这句话，二人暂时闭了嘴。不过，马上又喊起来："我才不要！"说着，把亚沙手里端着的盘子连同盘里的盐烤青花鱼一股脑儿打翻在榻榻米上。最后，亚沙也加入战局，吵了起来。最终，三个人都挨了老师一耳光，强行终结了此事。

当晚，亚沙哭个不停，一直哭到半夜。

"为什么这么伤心？"老师问。

"谁都不吃我手里的东西。"亚沙呜咽着，说出心里话，"老师，我的手就那么脏吗？"

老师握住亚沙那双被泪水打湿的手，翻来覆去地看，稍稍捧起来看，如此这般，观察了一会儿。随后，他直视亚沙的双眼，说道："正相反，你的手太干净了。"

瞬间，亚沙坠入了爱河。

坠入爱河的亚沙每天更加积极地做诵经功课，劈柴劈得比别人多几倍，不当班的那几天也会带头做事，扫地洗衣。她还主动策划志愿者活动，喊上小伙伴，在老师的帮助下将之一一践行。给生活在养老院的老人们送去红豆年糕汤时，尽管没有人肯接下亚沙手里的木碗，如今，这种事已不会令亚沙感到失落了。与矫正机构比邻而居的寺院举办捣年糕大会时，亚沙连手套都不戴，掰了大量年糕小块，留给了寺里。亚沙的手虽然受了伤，但不至于严重到无法恢复。坠入爱河的亚沙很强大。师母喊亚沙帮忙，二人去镇上的食品商店采购时，亚沙用偷偷攒下的零花钱悄悄买下一块心形巧克力。这事发生在二月初。在与老师二人独处时,在"观心阁"里,亚沙从口袋里掏出巧克力。

"虽然时间有点儿早,这个,请您收下。"

"要给我?"

"是的。老师,您喜欢吃巧克力吧?不嫌弃的话,请您尝一尝。"

"哎呀,真开心!"

老师笑了,但并没有收下这块心形巧克力。

老师有太太,亚沙早就一清二楚。她盯着自己的手心看,看着那过于干净的双手。

亚沙在这里生活的日子剩不下几天了。某天傍晚,亚沙正在收拾行李,相处了半年的小伙伴们和她搭话,说:"亚沙姐,后天自由活动时,大家最后聚一聚,滑个雪?"

两天后，到了最后的自由活动时间。亚沙坐上驶出车站的公交，跟小伙伴们一起，赶到了临镇的滑雪场。一到滑雪场里，大家就抛下亚沙，一个接一个地滑起来。从未接触过滑雪板的亚沙有样学样，一点点滑下斜面。亚沙滑到一半，板子开始不听使唤。脑子在祈祷笔直前进，身体却向一旁加速倾斜。亚沙非常害怕，闭上了眼，但这样大概不行，等回过神来的时候，人已经偏离路线，以惊人的速度冲向茂密的树林。

撞到树后，亚沙停了下来。

倒下时，脑袋好像重重地磕了一下，亚沙就这样失去了意识。等亚沙再次睁开眼时，四周一片昏暗。

亚沙想要坐起身，腰腹一带传来剧烈的疼痛感，说不定骨折了。老老实实歇了一会儿后，亚沙觉察到有动物在向自己靠近。是狐还是狸？要是只熊，会被吃掉的……亚沙平躺着，只向右边稍稍侧了侧头。于是，她看到脚边那片地上有两个光点，好像不是熊。亚沙试了试，发现自己的右手没毛病，还能动，就从上衣前胸的口袋里掏出一块巧克力——那块老师并没有收下的心形巧克力，从那天起她就一直带在身上，不舍得扔。亚沙用牙撕开包装袋，朝脚边的动物递出巧克力。

吃吧……

动物踏着雪，静静地接近她。

别害怕，吃吧……

好像是狸。

在闻了一阵亚沙手里捏着的巧克力后，或许是肚子不饿，它一个转身走开了。

突然，林中响起亚沙的笑声。

"啊哈哈，啊哈哈哈哈。"亚沙把嘴张得大大的，眼中有泪流下，啪啪拍打着生长在身旁的树根。

"没有一个生物愿意来吃呢！"亚沙笑得停不下来，

"怎么回事？好奇怪，好奇怪呀！"

这时，冰凉的东西落在亚沙脸颊上。

啪嗒，物体溅起这样的声音。起先，亚沙以为那是堆积在枝头的雪块。不过，通过鼻端嗅到的甜味和脸颊上感知到的水分，亚沙知道，那是某种果实。是什么果实呢？

啪嗒，又滴下来了，这回滴在了亚沙的眼皮上。亚沙战战兢兢地舔了舔飞溅到嘴角的汁液，好甜。这味道，是能入口的东西，可是，想不起是什么。亚沙摸索着掉落在脸颊旁的果实，捡起来，含在嘴里。好甜，好好吃。啊，里头有籽。

仔细一看，不经意间，那只走了的狸带着同伴回来了。它们蹲在躺着的亚沙身边，啃咬着树上掉下来的甜甜的果实，边吃边发出吃得很香的咀嚼声。亚沙用余光看着它们，心想，若有来世，我想变成一棵树。变成柿子树、桃树、苹果树、橘子树、无花果树、枇杷树、樱桃树。我的两条臂膀里结了好多果实，动物们都来吃果子。我想变成树，变成树吧。意识逐渐飘远，亚沙下意识地重复着这个愿望，迎来了人生的终结。

再次睁开眼时，亚沙明白了，自己的愿望已经实现。亚沙变成了树。

变成树的亚沙不知道现在是何年何月，这里又是什么地方。亚沙环顾四周，只能看到和自己长得一样的树，没有任何头绪。一天，有个人跌跌跄跄地走到亚沙身边，念叨着"肚子好饿"，便一头栽倒。大概是劳累过度吧，那人躺下之后纹丝不动，可没过一会儿，又忽地坐起身，拖着脚步向前走，穿过树林，向东走去。自己什么也做不了——望着这人的背影，亚沙既懊恼又不甘。

（好不容易变成了树，却……）

若自己是棵苹果树或桃树、橘子树，就能让那人吃上点儿东西，那样该多好。

可惜，亚沙结不出甜甜的果实，因为亚沙偏偏转生成了一棵杉树。

一天，杉树亚沙被人从根部砍断，和周围的杉树一起被搬上卡车，顶着呼啸的寒风，运送到灰色的工厂。在那里，亚沙任人摆布，巨大的切割机咔嚓咔嚓地工作着，身体在飞一般的速度中越变越细，越变越小。亚沙被人放在传送带上，带到干燥的房间里。亚沙心想，还要再挪动地方吗？最终，亚沙被装进透明又细长的包装袋里。自从亚沙被砍倒，已过去一个星期了，回过神来时，亚沙已然变成了一次性筷子。

作为一次性筷子，亚沙被推向市场。筷子们坐上车，转运了好几次。进入某个便利店后，筷子只在收银机下方的抽屉里安安静静地待了三天。三天后，亚沙忽然被人拿起来，扔进杯面、幕之内便当、罐装啤酒与盒装豆腐的空隙间，继续游走。一路摇来晃去，五分钟后，亚沙到达了目的地。那是一栋独门独户的老房子，墙上爬满了爬山虎。

"我回来了！"

家里住着个年轻人，还有一副"骨头架子"。把亚沙从便利店带回家的是年轻人，骨瘦如柴的人是年轻人的父亲。

"爸爸，吃饭吧。"

二人在脏兮兮的厨房里面对面坐下，开始吃饭。年轻人往自己的杯子里倒麦茶，父亲则拿豆腐当下酒菜，大白天的，就开始喝啤酒。

"这个，也吃点儿吧。"

听儿子这么说，父亲便用筷子夹起幕之内便当里的德式小香肠，放进盛着豆腐的容器里。

"就吃这点儿？"

可能因为不饿吧，父亲只咬了一口小香肠，就放下了筷子。

"饱了?"

"嗯,饱了,都吃撑了。"

年轻人叹了口气,把幕之内便当拉到自己面前。

"那,剩下的我吃啦。"

刺啦一声,年轻人撕开细长的包装袋,新鲜空气顿时涌入细胞——涌入名为亚沙的细胞。亚沙全身心地呼吸着。

咔嚓,年轻人抓住亚沙的两只胳膊,竖着一掰。那是开始的信号。变成筷子后要干什么,怎么干更好,亚沙已经明白了。用力吸一口气后,亚沙张开双手,毫不犹豫地插入温热的米饭里,随后,一鼓作气,捧起米饭。在年轻人像念"哇"字一样张开嘴时,亚沙也"哇"地叫出声。

他吃了。

亚沙从嘴里拔出双臂,稍事休息。这一次,亚沙把手伸向炸鸡块,抓住它。这炸鸡,他也吃了。

大概是饿了吧，年轻人嚼都不怎么嚼就咽了下去，很快地，又张开嘴。亚沙无数次地冲进白米饭里。年轻人只盯着配菜吃，结果，米饭剩下了。因此，亚沙没有忘记如何体贴年轻人——用芝麻盐调味下饭，吃完油炸食品后来点儿切成细丝的卷心菜清清味蕾。吃到最后，用两只手把散落在桌面上的米饭一粒粒归拢起来送入年轻人口中时，亚沙热泪盈眶。

"啊，真好吃，多谢款待。"

餐桌上已不见父亲的踪影，年轻人坐在厨房里的桌子旁，一个人合掌讲话。这话不是说给其他人听的，是冲着亚沙说的。这是年轻人对她说的第一句话。年轻人朝桌上放着的便利店塑料袋伸出手，把空空的便当盒子、父亲剩下的豆腐和装着亚沙的包装袋一个接一个地塞进去。最后，他抓住亚沙的身体。亚沙不想让年轻人的手受累，便怀着感激的心情，打算自行滑入塑料袋里。然而，年轻人却做出了出人意料的举动。

他让亚沙的身体立在盛着麦茶的杯子里,接着,自椅子上起身,径直将杯子端到厨房水槽处。发生什么事了?亚沙不明白。年轻人用带着泡沫的海绵擦洗亚沙的皮肤,清洗了两三次,用水冲干净,放在水槽旁的控水篮里。

当晚,亚沙又被用来捧起拉面。

年轻人劲儿头十足地吸溜着亚沙掬起的波纹面,被噎得够呛。"慢点儿吃。"亚沙说。之后,亚沙又被清洗干净,放在控水篮里。

没有下次了,这是最后一次,亚沙无数次地对自己说。然而,年轻人每次都会规规矩矩地清洗亚沙,晾干亚沙,数小时后,又拿起亚沙。

吃亚沙给出的食物时,年轻人的脸上洋溢着难以言喻的幸福表情,很棒。亚沙甚至把肩膀或者说腰腹一带都送入了年轻人的口中。双臂被拔出的瞬间,亚沙次次都感觉到后背起了鸡皮疙瘩。极少的情况下,亚沙也会给年轻人的父亲喂吃的。父亲没有牙，因此，亚沙掬起米饭时，量只取一点点。块儿大的东西先在盘子里夹开，弄成方便进食的大小，再送入口中。年轻人每次都会把亚沙的肩膀也弄得湿漉漉的，父亲只能稍稍沾湿亚沙的指尖，大概是唾液很少的缘故吧。

这几天没给父亲喂过吃的呢——念头刚闪过，父亲就死了。父亲好像一直在生病。

年轻人十分悲伤。

"不吃饭怎么行呢？正因如此，必须吃饭。"

头七过后，又过了几天，某天夜里，年轻人久违地去了趟便利店。大口咀嚼完炸鸡排后，他满足地点了点头。

"好吃吗？"

父亲死后三个月，原本食欲就很旺盛的年轻人恢复了先前的模样。每天早上，年轻人双手合十拜过牌位,再用亚沙搅匀鸡蛋盖饭。

有一天,年轻人忽然收拾起了屋子。跟父亲生活在一起时,从未见他打扫过房间。他用浸湿的毛巾擦拭桌面和玻璃窗,用扫帚归拢落在走廊里的尘土,连床单都洗了。这些动向叫人担心,亚沙不明白发生了什么事。不过,第二天,她就懂了。

年轻人交了个女朋友。

女孩一头茶色长发,个头娇小玲珑。亚沙待在控水篮里,倾听二人的谈话,边听边心跳加速。一个是店里的员工,一个是客人,二人好像是如此认识的。女孩做的工作非常耗费体力,年轻人问她,能不能把工作辞了。

"你歇着,我去工作。"

"真的?"

"嗯,说定了。我去工作,我要让阿幸你过得幸福。"

"你的意思是……"

"我们结婚吧!"

年轻人要搬家了,转而住进女友的公寓。

为了帮他搬家,一连几天,女孩天天往年轻人这边跑。

"好嘞,干活!"

她把茶色长发束在脑后,挽起袖子,抓到什么算什么,都往塑料袋里塞。

"真是的,竟然攒出这么多破烂儿。"

年轻人一脸苦笑,看着女孩收拾屋子的架势,欲言又止。不过,不知是否已成了个妻管严,他并没有多说什么。

有一天,女孩轻轻抓起藏在控水篮里的亚沙,放进塑料袋。

"等等。"

"嗯?"

"刚才,你把什么塞进去了?"

"你指什么?"

"就是刚刚你塞进塑料袋的那个。"

"你说的是这个?"

女孩用尖尖的指甲捏起亚沙的半边身体。

"把这个放下。"

"啊?"女孩皱起眉,"你要留这个?"

"嗯,放下。"年轻人说。

"为什么?这也值得留?"

女孩又问了一遍。

"反正,就是不能扔。放下!"

"放下又能怎样,你还打算用?"

"嗯。"

"跟你讲,之前我就想说了,一次性筷子还要洗了再用,别这么干了,怪小家子气的。"

"会吗?我觉得,东西还能用的话,最好还是继续用。再说，对阿幸你来说，这可能就是双一次性筷子，可对我来说，这双筷子很特别。这种可能性，也是有的吧？"

"特别是怎么个特别法儿？"

"要说怎么特别，这个嘛，我也说不好……"

"我要扔了它。"

"啊，别扔！"

"好，扔啦！"

"笨蛋！"

"呀！干什么啊，疼！"

"还给我！"

"好疼！"

年轻人从女友手中抢走塑料袋。

女孩哭着飞奔而出，自此以后，再也没有回来过。

年轻人又恢复了从前的生活节奏，回到被亚沙喂饭的日子。

虽然宣告过要为女友出去工作，不过，女孩离开了，也就没必要工作了。想睡就睡，想起就起，看看电视，去便利店，再接着睡，年轻人活得随心所欲。

希望这样的日子能够长长久久——亚沙抬头望着年轻人那吃得圆滚滚的脸蛋儿，如此许愿。大概祈祷生效了吧，平静又安全的日常生活真的持续了很久。

自从年轻人与女友分了手，再也没有访客登门拜访。有一天，一伙人抱着一大堆物件上门了。其中一个人亚沙见过，是电视里出现过的搞笑艺人。搞笑艺人管年轻人叫"孩儿他爹"。

"孩儿他爹，先把能用的东西跟没用的东西分开呀！"

"孩儿他爹，日记那玩意儿，读上个开头就没完没了啦！"

"孩儿他爹，动动手！啊，不二家人偶！这玩意儿，哪里捡来的啊？"

"嘿，孩儿他爹！终于收拾得能瞧见榻榻米了！摄影师，看见了吗？！"

搞笑艺人像从前那位女友一样，把那些东西一样一样归拢好，塞进塑料袋里。每当此时，年轻人就会把塑料袋夺过来，确认里头有什么，把重要的东西掏出来。

"别碰那个""那个还能用""不要进那间屋子"，年轻人嘴里一句接一句。因此，房间打扫得很缓慢。搞笑艺人渐渐开始不耐烦，用强硬的语气训斥起年轻人来。

"孩儿他爹！你怎么老说'不能扔''扔不掉'！搞得我只能说'那我替你扔'！"

搞笑艺人从年轻人手里抢过塑料袋，走进散发着恶臭的厨房。

"别这样！"年轻人像跟屁虫一样跟了进来。

"烦死了！"搞笑艺人一句话就撑了回去，他先把堆在水槽里的锅碗瓢盆扔进袋子，又用戴着劳保手套的手一把抓起控水篮里的一大堆一次性筷子。亚沙就藏在这堆筷子里。

"啊，不能扔！"

年轻人飞奔过来，拽住搞笑艺人的胳膊。

"哇，危险！突然拉我干什么？多危险啊！"

"还给我！"

"别这样！"

"还给我！"

"别拽了，别拽了！放开我！"

搞笑艺人把年轻人撞飞了。年轻人的后脑勺儿磕在冰箱门上，慢慢瘫倒在地。

救护车！救护车！不一会儿，警笛声响起，年轻人被送进了医院。

节目组撤走了。不见人影的家里响起一些声音，说话者都在担心年轻人的身体，很热闹。

"好担心啊！"

"他没事吧？"

"好大的声音。"

"磕到头了吧？"

"但愿没事。"

"那人看着跟电视上完全不一样啊！"

说话的是亚沙的小伙伴们。除了变成一次性筷子的亚沙，年轻人家里还有变成枕头的真奈、变成门把手的翔、变成被子的裕太、变成毛毯的香织、变成石头的阿满、变成衣架的典子、变成不二家人偶的义雄、变成帆布包的朋江和变成仙人掌的宗一郎等人。每个人基本上都跟亚沙一样，在孩提时代品尝过同样的滋味，没完没了地品尝，随后，死去了。

那位年轻人，真的很珍惜这样的人。

要平安无事啊,拜托了,一定要没事——亚沙许了一整晚的愿。

第二天,年轻人回来了,脑袋上缠着绷带。当时年轻人出了很多血,叫人担心,不过,后脑勺儿缝了几针后,多半已不碍事。录制电视节目一事自然中止了,年轻人和亚沙他们回到了平稳又幸福的日常生活中。

回到亚沙说声"来,请吧"并捧出米饭年轻人便含在嘴里吃得香甜的每一天。

回到变成被子的裕太问声"暖和吗?"从背后抱住年轻人的每一天。

回到变成毛毯的香织被年轻人抱住并说出"好暖和"的每一天。

回到变成门把手的翔与年轻人握手的每一天。

回到变成衣架的典子让年轻人给自己穿衣服的每一天。

回到变成帆布包的朋江让年轻人背上自己的每一天。

回到变成不二家人偶的义雄让年轻人摸头称赞乖孩子的每一天。

这一次,亚沙觉得这样的日子会永远持续下去。

自从年轻人与节目组发生那档子事,没过多久,门铃又被人摁响了。这次来的是政府部门的人。起初,年轻人老老实实地听对方说话,第三次来访时,察觉到对方会给亚沙他们带来威胁,年轻人忽然暴怒,硬是把他们都赶走了。之后,政府部门又派人登门,人数有多有少。每次上门,年轻人都会捏着软管滋他们一身水,要么就大声喝退他们。总之,为了保护亚沙他们,年轻人全力奋战。

然而,最终,行政处分命令书还是送到了年轻人的门上。那是政府部门发出的警告,即做出"行政强制执行"。

xíngzhèng qiángzhì zhíxíng，这是什么意思，裕太不明白。亚沙给他解释了一下。小伙伴们对工作人员的做法感到愤怒，也发出哀叹。香织叫喊起来，说要是与年轻人分开，还不如死了算了。大家都是一样的想法。

那天晚上，年轻人的卧室一隅，小伙伴们悄悄鼓励着变成读书小夜灯的智花。

"加油加油。"

"就差一步。"

"先歇一歇。"

"下一步定输赢。"

变成文库本的晃在智花的脑袋上方做好准备，摊开书页。像在回应四周的声援，智花又一次深深地吸了口气，涨红了脸铆足了劲儿，大喊一声"嘿！"——成啦！在智花脑袋顶上，薄薄的玻璃啪地碎裂开来，一道烧热的金属线显现出来，嚓的一声，在晃的一张书页上燃起一朵小火苗。火苗瞬间包围了晃的全身，转眼间，火势就变大了。义雄被大火熔化，朋江和宗一郎被火舌吞噬，橙色的火焰在房间中游走，从窗帘走到衣橱，又走到拉门。卧室的窗户碎了，伴随着哗哗剥剥的声音，天花板也塌了。躺在裕太双臂中打鼾的年轻人早就躲在火柱背后，不见了踪影。有风吹过，火星儿似阵雨纷纷洒落，也落在了厨房的控水篮里。从前，亚沙的手心被人称赞"太干净了"，如今，就连指甲缝里都长着霉点。她高高地举起两只又黑又脏的手，火焰把亚沙也吞噬了。

成为靶子的七未

七未上的幼儿园有个标志，屋顶尖尖的，是红色的。宽敞的院子里有长颈鹿滑梯和鳄鱼跷跷板，有一圈一圈来回转的圆盘状游乐设施，有麻栎、樱花、紫薇等树木，连兔笼、羊圈和鸡窝都有。五岁那年的秋天，七未在这院子里跟大家一起捡橡子，一起玩耍。

七未的班主任是位女老师，很年轻，孩子们都叫她真木老师，很亲近她。真木老师脸上总是带着笑容，孩子们捡到橡子拿给她看时，她会说声"哇，真厉害"，摸摸孩子的小脑瓜儿。轮到七未捡到好多颗橡子时，院子中央的男孩们就开始吵架。真木老师立刻上前阻止，但冲突并没有停下来。两个小男孩互爆粗口骂骂咧咧，都往对方身上扔橡子。大概是留意到了外面的动静，山羊也从羊圈里探出头，向外张望。恰在此时，其中一个孩子扔出的橡子砸在山羊脸上。山羊"咩"了一声后，脑袋缩回羊圈。

"哎呀！"很少动怒的真木老师发火了。

"出什么事啦？"

这时，这家幼儿园的园长忽然出现了。听到真木老师喊他"园长先生"，七未心想，喔，这个趿拉着拖鞋朝这边走来的老爷爷就是园长先生呀！园长双臂交叉挽在胸前，一直在听真木老师说话。听完后，他转向孩子们，怒吼道："不许玩了！去那边站好！"

院子里的孩子们一个不落，在鳄鱼跷跷板前面排成一排。

园长开始没收大家捡到的橡子，挨个没收。手里攥着的自不必说，兜里的橡子也要全部拿出来。没收的橡子装进了在沙滩上玩耍时使用的红色小水桶里。

"就这些?"

说完,园长从小水桶里捏起一颗橡子,转向刚才一直在打架的两个男孩,朝其中一个身上扔过去。

"好疼!"被橡子击中的孩子说。

园长又夹起一颗橡子,也给另一个孩子来了这么一下。

"疼啊!"

呜呜,哇哇,两个男孩齐刷刷地哭起来。

"牛奶的心情,你们明白了吗?"园长问。

"牛奶"是那只山羊的名字。

"各位,你们明白了吗?"

大家纷纷点头。七未也点了点头。

"哎呀,还是没明白。"园长缓缓摇了摇头,继续说,"你们呐,什么都不明白。不明白牛奶有多害怕,不明白它有多疼。听好了,'疼痛'这种感觉,要自己亲身体验,才能真正理解它。"

说完,园长又夹起一颗橡子。

"牛奶它呀……牛奶感受到的疼痛,就是这个程度的。"

这一次,园长瞄准其他孩子,扔出橡子。被橡子击中的孩子"哇"的一声哭了起来。

"明白了吗?"

说着,园长又把手伸进小水桶里。

从这个节点开始,事态像流水化作业一样向前推进。

园长反复念叨着"明白了吗",面向横着站成一排的孩子们,一个接一个地朝他们身上扔橡子。被击中的孩子也一个接一个地哇哇大哭起来。哭出声的孩子跑到真木老师的身边寻求帮助。真木老师温柔地用手绢给哭泣的孩子擦去眼泪,抚摸两下他们的小脑袋,轻轻拍拍他们的后背,让他们回教学楼里去。

"没事啦,别怕。在教室里要乖乖的。"

就这样，孩子们一个接一个地消失在院子里。

最后，院子里只剩下七未一个人。这是因为，园长扔出的橡子怎么也打不到七未身上。只有七未是这样的。

"喂，不许躲。"园长渐渐变得不耐烦，表情狰狞，"等等，不许跑！"

七未十分害怕，不再站在原地，终于跑了起来。

"哎呀！你别跑！"

等回过神来时，七未和园长已在院子里打起转来。园长拎着装满橡子的小水桶，对七未穷追猛打。

"别跑！真是见鬼了。"

几十个橡子朝七未砸去。扔出去的橡子全都从七未的脑袋上和身体旁擦过去，砸在畜舍的板墙上，砸在游乐设施上，又弹了起来。渐渐地，园长不喊"别跑了"几个字。他捡起散落在那周围的橡子，一言不发，一个劲儿地朝七未身上扔。

七未在不知何时才能终结的橡子攻击下四处逃窜。跑着跑着,突然听见有人在喊自己的名字,头顶上方传来"七七"之类的呼喊声。

七未抬头一看,已经返回教室的同学们纷纷从二楼窗户里探出身来,朝她挥手。

"加油,加油!"

"七七,加油!"

"加油,加油!"

"七七,快呀!"

七未的名字写作"七未",读作"nami",不过,小时候,别人都亲切地称呼她"七七"。

"加油,加油!"

"七七,加油!"

"加油,加油!"

"七七,快呀!"

这时,七未发现一件事——大家手里都捏着某种小物件。那些物件是什么，七未看一眼就明白了。是饼干，动物形状的饼干。

多数人手里都捏着动物饼干。有人手里没捏饼干，拿的是杯子，杯里装着真木老师倒好的牛奶。

"加油，加油！"

"七七，加油！"

不知不觉间，到了该吃点心的时间啦！七未心想。

大家边嚼动物饼干边喝牛奶，给院子里的七未加油助威。"加油，加油，七七，加油。"

大概是哪个幼儿园员工报了警，随后，两名警察来到园中，扣押了园长。童年时的七未在最近距离观察到了人被戴上手铐的瞬间。警察问七未"受伤了吗""觉不觉得哪里疼"，七未摇摇头，回答"没有"。跟大家不一样，七未毫发未损。最终，园长扔出的橡子一个都没有打在七未身上。只有七未是这样的。

这起名为"橡子事件"的案件，在本地居民嘴里热议了一阵子。如此令人印象深刻的一件事,过了半年,似乎就从人们的记忆中渐渐淡去了。第二年春天,大人小孩都不再提起此事。事件留下的印象悄悄尘封在内心深处,就这样,七未从幼儿园毕业了。从四月开始,七未升入了小学。

幼儿园离家很近,小学校园却要走四十分钟的路才能到。七未家里是开蔬果店的,家人总是很忙碌,所以,每天早上,七未都要自己做早餐。

七未上一年级时,发生了一件事。

那天是星期六,中午就放学了。七未花四十分钟回到家里,吃了早上剩下的半个面包,又花了四十分钟返回学校。她要在操场的单杠上练习翻转上杠。除了星期天跟法定节假日,任何人都可以在学校操场上自由活动。那天,七未赶到时,操场上已有不少人在游玩,都是些跟她身量差不多的小朋友。跟抢手的秋千和攀爬架不同，没有一个孩子愿意玩单杠。七未抓紧时间，开始练习。三十分钟后，七未本想坐在花坛边上休息一下，丁零零，丁零零，操场上突然响起尖锐的铃声。一看，一群人骑着自行车钻过校门，向操场这边奔来。他们把自行车停在洗手池旁边，冲正在玩秋千和爬攀爬架的孩子们扯着脖子叫喊。

"滚开！小崽子们！从现在开始，这地方我们包了！"

从身量和语气看，是六年级的学生。骑车进入操场也好，占领游乐设施也好，都是禁止行为。平时，觉察到大事不妙的老师会从办公室里飞奔而出，唯独这一天，不知为何，没有一个人出来。

"说了让你们滚啊！听不懂是吗？"

大家一窝蜂地朝校门跑去。看此情景，七未也赶紧站起身。从这群人身边跑过时，身后传来叫喊声。

"喂，站住！"

七未停下脚步,回头一看,一个六年级的学生朝这边扔来某样东西。

那是个像棒球一样大的橙色球体。球从七未脑袋顶上飞过,砸在斜后方一个孩子的脑门儿上,"啪"的一声球裂开了。

"哎呀!"

孩子的头发和脸蛋儿瞬间全部湿透。六年级学生扔过来的是灌了水的气球。

"耶!命中!"

接着,是第二个,第三个,水气球不断飞过来。第二个水气球是蓝色的,在七未左手边的一个男孩子的肩膀上炸开。第三个水气球是粉色的,在右边紧贴着七未的女孩子的肚子上炸开。操场上到处都是气球炸开的声音和惨叫声。那些六年级学生在洗手池旁灌出一个又一个水气球。

"哎呀!""好凉!""好疼!"

大人们都不来帮忙。一楼的办公室里是不是没人呢，窗边一个人影都没有。淋成落汤鸡的孩子们边哭边冲出校门，一溜烟儿似的跑了，各回各家。奔跑的七未身后，骑着自行车的六年级学生对她穷追不舍。不用说，他们很快就追上了七未，朝她扔水气球。

"嘿咻！"

伴着这样的叫喊声，一个气球从背后袭来，在七未前方的电线杆子上炸开。

"看招！"

一左一右，两只手同时砸过来的两个水气球，一个在七未脚下炸开，一个在木板墙上贴着的竞选海报上炸开。

"妈的！又打偏了！"同时扔出两个球的孩子显得十分恼怒，敲打自行车的车把说，"还打不中，就打到中为止！"

如宣言所示，他们的攻击一直在持续。什么时候才能结束呢,七未找不到答案。糟了,库存没啦——趁那帮人乱了阵脚,七未爬上眼前的石墙,横穿别人家的庭院。七未本打算回自己家,可这里是什么地方,眼下已经搞不清了。七未又怕又累,脚下不听使唤,好几次,几乎要绊倒。在不认识的小区街道上拖着脚步向前走时,七未听见有人在喊自己的名字。

"七七!"

七未顺着声音传来的方向一看,旁边的二楼窗户旁有张见过的脸,正在向外张望。

啊,七未想起来了。

可是,七未叫不出对方的名字。

七未想不起对方叫什么。不久前,这孩子还在操场上和自己一起东躲西藏。那时,水气球无数次地砸在他身上,脸蛋儿和头发都湿透了。如今,他身上似乎已彻底变干爽。

"七七!"

"嗯?"

七未回应了。

"七七,加油。"

咦?

这时,七未身后的二层小楼上,窗户唰啦一声打开了。

紧接着,旁边一栋房子的二层窗户也唰啦一声打开了。

"加油,加油!"

"七七,加油!"

"加油,加油!"

"七七,加油!"

"七七,快呀!"

"快呀,快呀!"

七未再次奔跑起来。

向右拐,右边的房子里有人唰啦一声打开窗户;

直着走，前面的房子里也有人唰啦一声打开窗户。拐过这个街角，这个街角的房子里有人唰啦一声打开窗户；往远处看，距离很远的房子里也有人唰啦一声打开窗户。探出窗外为七未呐喊助威的一张张面孔，正是不久前还在操场上一起东躲西藏的孩子们。

"加油，加油！"

"七七，加油！"

"加油，加油！"

"七七，快呀！"

"快呀，快呀！"

七未藏在狗窝里或石墙后，边躲闪边继续奔逃。

自行车的铃声经过周遭时，等待它过去的那段时间，七未整个人像吓掉了魂儿一样。

等七未终于回到家里时，太阳已经落山了。瞧着归来的七未，家里人并未多说什么。衣服和头发要是湿漉漉的，或许家里人会问一句"出什么事啦"，可若以此为衡量标准,七未的头发是干爽的,衣服是干燥的。跟"橡子事件"时一样,从头至尾,砸向七未的水气球没有一个能真正砸到她。七未给这档子事命了名,叫"水气球事件"。

之后,七未身上又发生过类似事件,比如,"躲避球事件""空罐子事件",等等。

"躲避球事件"发生在七未上小学三年级时。

这是一项朝对方身上掷球的球类运动。没升入小学前,七未对这项运动一无所知。被球击中的孩子夸张地叫声"我死啦",即告出局。随后,若站在外野投球能漂亮地击中对方球员,下一回合,可以喊声"复活啦",回到内场。内场只剩下一个人时,大家会鼓掌打拍子,喊出口号:"只剩一个啦!只剩一个啦!"

最后这个人,肯定是七未。球在七未的头上和身边旋转,擦身而过。"死"过一次的孩子即使能够"复活",也会立刻再"死",被淘汰出局。一局又一局,能够留在内场的,只有七未一人。在休息结束的铃声响起之前,七未一直在球场里四处奔逃。

事件发生的那天,眼看就要到暑假了。那是一个午后。这天,不知怎么回事,告知休息时间已结束的铃声没有响。该上第五节课了,时间已过去五分钟,于是,女班主任来到操场上,喊大家回去。

"同学们,午休时间已经结束啦!"

可能因大踏步奔跑,老师的裙摆卷了起来。

"来,快,赶紧的,回教室去。上课时间早就过了。"

操场上有很多孩子,老师挨个拍他们的屁股,最后,来到自己班的孩子面前。

"来,你们也一起回去吧!要玩到什么时候啊?第五节要上图画手工课,对不对?"

"哎?可是,铃声没响呀!"孩子们出声抗议。

"上课铃好像坏了，得花点儿时间才能修好，所以，今天就看着时钟来上课吧。"

说完这句后，老师的肢体动作忽然停了。她在凝视着什么。

投射过去的视线尽头，是孤零零地站在内场里的七未。

"这是怎么回事？"

老师再次转向孩子们，扫视着每一个人的脸。

"你们一群人，在攻击一个人？"

"不是的！""只是在玩啦！""玩躲避球就这样呀！"

孩子们齐刷刷地做出反驳，然而，老师听不进去。

"说句'是在做游戏'就单方面扔球过去，这样合适吗？这样做，不就等于欺负弱小吗？躲避球是团队运动，对吧？团队打团队，实力得相当，不然，就不好玩了。群起而攻之，到底有趣在哪里？"

七未不记得这位老师叫什么。平日里，她就是个思想偏激的人，没法儿沟通。

老师"哼"了一声，扬言"行吧，这就加入那边的队伍"。说完，走进七未所在的内场。

"老师在这儿呢，不要紧的。"说着，她啪地拍了一下七未的肩膀。

"你们都去那边的场子里。"老师吩咐除七未之外的孩子们。

"这样分配就平衡了。实不相瞒，老师我呢，以前就是玩躲避球的运动员哦！别看我这样，还是有两下子的。来吧！不管什么角度，放马过来吧！"

看着张开双臂摆出奇怪姿势的老师，先前还在发愣的孩子们好像渐渐觉得这样很有趣，便一个接一个地走进内场。最后，所有人都入了场。老师对战学生，比赛开始了。

老师说自己以前是玩躲避球的运动员,这话多半是真的。不管是怎样的高球,她都能漂亮地接住,并立刻回击。投球的速度快到肉眼不可分辨,球一次又一次地击中孩子们的前胸和脚。比赛刚开始就被球击中并早早失去出场机会的孩子们站在外野,嘴里满是抱怨。

"没意思!老师,不上课啦?第五节课是图画手工课呀!"

老师正好跃起接住飞来的球。她喊了一句"好吧!被球击中的人回教室上自习",把球扔了回去。

"太好了!上自习耶!"伴着欢乐的叫声,一个孩子走了,两个孩子走了,不一会儿,对方的队伍全灭。

老师凝视着空荡荡的内场,小声嘟囔了一句"真无聊",然后,慢慢转过身。转过身后,前方站着七未。打比赛时,七未一直藏在老师身后,逃过了对方球员的攻击。

老师笑嘻嘻地看着七未,手里托着球,对七未摆出姿势,说:"还差最后一个。"

老师不是我方同伴?惊讶的七未不假思索,拔腿就跑,跨过场地里的线,横穿操场,直线逃开。

"不许逃!"

抓着球的老师追了上来,已经完全不是躲避球的玩法了。

"别跑,听见没!"

老师投出的快球从七未腰间擦过,朝体育仓库飞去。老师追着飞过去的球跑,捡起球后,又向七未扔去。

"慢着!叫你别跑,听不到吗!"

七未要跑,就算跑时绊倒了,也会立刻起身继续跑。

七未气喘吁吁地奔跑着。她的头顶上方,有东西在晃悠，已经晃了好一阵了。那是什么东西？七未十分在意。是什么呢？折纸？还是别的？七未仰起头，眯起眼睛看。

那是文字。

"力""口""氵""由"，"力""口""氵""由"。

二楼教室的窗户上贴着这样的文字，一张又一张。

上手工课就得用，所以，老师准备了一些图画纸。大家似乎是用绘画工具在纸上画出了这些。这些字颜色各异，大小不等，乱糟糟的。蓝、粉、黄、红、绿、紫，五颜六色的"力""口""氵""由"，"力""口""氵""由"。

突然，啪嗒，啪嗒，啪嗒，图画纸整齐划一地翻转了。这下子，文字排列变成了"七""七""力""口""氵""由"。

七未无声地呜咽着。

"力""口""氵""由","力""口""氵""由","七""七""力""口""氵""由","七""七""忄""夬""口""牙","忄""夬""口""牙""忄""夬""口""牙"。

此时,七未还没有真正意识到大家给出的信息到底意味着什么。

随后,追着七未满操场跑的老师脚底下不听使唤,摔倒在地。教导主任开着车,把她送进了医院,诊断结果为复杂性骨折。有一阵子,老师没来学校上课。是不是此后直接辞职了呢,老师再也没有出现在校园里。

补充一句,老师投出的球,一个都没有击中七未。这就是"躲避球事件"。

自那之后,七未念的那所小学禁止躲避球运动。忽然被剥夺娱乐项目,孩子们非常愤慨,特别是高年级学生,愤怒的矛头直指七未,说些"都是因为你,躲避球都不能玩了"之类的话进行挑衅，每天都往七未的室内鞋里塞死虫子或狗屎。慢慢地，七未开始请假不上学，次数越来越频繁。

不上学的七未悄悄溜出家门，到一座被本地居民称为"山"的、有点儿高度的小山丘上待着。站在这里向下俯瞰，能看见镇上的公墓。七未小时候经常跟父母一起去扫墓，那里有条木头做的长椅，一家三口坐在长椅上吃饭团，是盂兰盆节的惯例活动。

平日里，七未白天一个人来这儿时不吃饭团，而是边吃糖球边翻看从家带来的漫画，打发时间。

就是在这个地方，七未认识了布衣太郎。

镇上的人都认识他，七未自然也知道有这么一个人。布衣太郎是位老人，以收废品为生，肩膀上背着跟自己身量差不多大的塑料袋，从早到晚，一直在大街上溜达。这副模样，也算一道风景线。有人说，布衣太郎没有家。相对地，也有人说，其实他是大地主家的继承人。有人说，他杀过小孩。相对地，也有人说，他把收废品赚来的钱全都寄给了联合国儿童基金会。

布衣太郎突然上前搭话时，七未正坐在常坐的那条长椅上喝果汁。

"嘿，小女孩。"

有人从身后戳自己肩膀。七未回头一看，布衣太郎就站在眼前。

"喝完了，就把那个给我吧。"

事态突然，七未吓了一跳，不过，她还是嗯了一声，点点头。布衣太郎说"给我"，指的是七未手中装橘子汁的易拉罐。嘿哟，布衣太郎喊着号子，把肩上扛着的塑料袋卸下来，放在长椅旁，盘腿坐在草地上，用脏兮兮的袖子擦拭额头的汗水，从衬衫口袋里摸出一根皱巴巴的烟卷，点上火。

透明的塑料袋里已塞了将近一半的空易拉罐。对上七未的视线时,他有些腼腆,说:"差得远呢,得加把劲儿。"

"是啊。"七未附和道。听见这话,布衣太郎微微一笑,露出一颗歪歪扭扭的黑牙,像倒挂着长在嘴里似的。

见他在等,七未赶紧把果汁喝完。把空易拉罐递给他时,布衣太郎用黝黑的手接过罐子,说"承蒙关照"。

自那天起,只要往"山"上去,七未必定随身带上一罐果汁。布衣太郎有时在那儿,有时不在。不在的时候,七未就喝光果汁,把空了的易拉罐摆在长椅上,下山回家。第二天再去,会看到罐子已被妥善收走。

在七未手头不宽裕买不起果汁时,就只带空罐子过来。从家里的垃圾箱里扒拉出空酒罐或空罐头盒,递给布衣太郎的瞬间,七未多少有点儿心跳加速。布衣太郎说出那句每次必说的"承蒙关照"时，必定会露出那颗歪歪扭扭的黑牙。

那天也一样，请假不上学的七未又往"山"上去了，没带空罐子。七未没钱买果汁，也没在家里的垃圾箱里翻出什么。说不定哪儿有别人扔下的空罐子？想归想，可七未找了一圈也没找到。公园里的垃圾箱、排水沟、自动售货机旁的垃圾箱，都找了，没有空易拉罐。七未找了一小时都没找到空易拉罐，但捡到了空玻璃瓶——一个茶色小瓶子，上面贴着标签，写着"维生素"三个字。七未单手拎着空瓶，朝"山"上走去。

布衣太郎就坐在"山"上的长椅旁。他的原则是不坐长椅，此时，他依然盘腿坐在草地上，正在吞云吐雾。今天，搁在身边的塑料袋同样鼓鼓囊囊，塞满了空易拉罐，多得像要溢出来似的。大街上根本找不到罐子，是因为罐子都被布衣太郎收走了。察觉到七未爬上小土丘，布衣太郎举起一只手，和她打了声招呼。二人已然成了老熟人。

七未连忙点头致意,动作里包含着"你好"。接着,她把刚刚捡到的空瓶子递给对方。看见瓶子,布衣太郎的动作瞬间僵硬了。

"……这是什么玩意儿。"他低声嘟囔。

"找不到易拉罐,所以……"七未说。

一听这话,布衣太郎瞬间就变了脸,黝黑的脸气得发紫。他直勾勾地瞪着七未。对方突然变脸,七未吓了一跳,她的身体僵住了。

"不要破玻璃瓶!"

布衣太郎叫喊起来,口沫横飞。他朝这边走来。

"不要破玻璃瓶!不要破玻璃瓶!"

七未不禁向后退了几步,手里的玻璃瓶掉在地上。瓶子没有摔碎,顺着土丘的斜面咕噜咕噜滚下去。布衣太郎跑过去捡起瓶子,朝七未扔去。嗖的一声,瓶子从七未的脑袋旁边擦过,砸在树干上,掉到地上。

"不要破玻璃瓶！不要破玻璃瓶！"

七未逃开了，布衣太郎在后面追。他从塑料袋里掏出空易拉罐，朝七未扔去，边扔边喊。

"易拉罐也不要了！易拉罐也不要了！"

即使从山丘下到了平地上，布衣太郎仍然紧追不舍。刚好赶上放学时间，背着双肩书包的孩子们正要从七未身前经过，布衣太郎扔向七未的易拉罐碰巧砸在离七未比较近的孩子的头上。

"好疼！"说着，孩子摔倒在地。

布衣太郎抓到哪个扔哪个，一直在扔袋子里的空易拉罐。

"易拉罐也不要了！易拉罐也不要了！什么都不要了！什么都不要了！"

这种力道相当惊人，孩子们被布衣太郎扔出的易拉罐砸中脑袋或后背，相继倒下。七未越过横亘在面前的一个个躯体,专心致志,想要逃离布衣太郎的攻击。不管怎么逃,手里拿着易拉罐的布衣太郎都对七未穷追不舍。七未不知道自己身在何方,也搞不清这样的追逐到底什么时候才能终结。夏日午后,满脸通红的七未跑得上气不接下气,跑进了某个公园里。她藏在篱笆后面,一动不动。这时,远处传来警笛声,越来越近。"唔——哩——唔——哩""呜——呜——",两种警笛声。声音离自己最近时,七未站了起来,想要求救。刚一起身,唰啦一下,一脸狰狞的布衣太郎忽然自篱笆外侧探出头来。一瞧见他手里的易拉罐,七未又跑起来。

七未奔逃着,不管不顾地奔跑着。公路,田埂,神社,公园,旱地,水田,购物中心,电影院,七未跑着走着躲藏着,一刻也不停歇地奔逃着。加油,加油,七七加油。

最后,七未跑到了一个宽阔的停车场。那里停着一辆车。啪的一下,她躺倒在地,一步也跑不动了,累得连爬都爬不起来。七未把脑袋靠在车胎旁,仰面朝天,静静闭上双眼。

"七七。"不久后,听到有人在叫自己的名字,七未睁开眼。

"七七。"

仔细一想,好像有个声音一直在呼唤自己。七未撑起上半身,抬头看天。传来呼唤声时,声音总是发自上方。

"加油,加油。"

"七七,加油。"

"七七,快呀!"

"快呀,快呀!"

停车场旁耸立着一座巨大的建筑,很多张面孔从建筑的窗户里向外张望。所有人都在朝七未挥手。仔细一看,每个孩子都穿着睡衣,脸蛋儿或额头上都贴着创可贴。

直到此时,七未才注意到,自己所在的停车场是医院的停车场。旁边那幢大楼就是医院,大家都站在病房里。方才,孩子们被布衣太郎投掷的易拉罐砸中并倒地,救护车似乎把他们送到了这里。孩子们接受了一系列检查,现在,正站在病房的窗户旁,朝这边挥手。

"嘘——"七未冲上方示意了。嘘,别说话,布衣太郎会发现我的。

大家根本不把七未当回事,呐喊助威的声音反而越来越大了。

"加油,加油。"

"七七,加油。"

"七七,快呀!"

"快呀,快呀!"

嘘,求你们了。七未再次抬头看天,提醒大家。

这时，七未留意到一件事，她看到大家手里都捏着一个白白的方方的东西。只瞧了一眼，她就知道那是什么东西。是YOGHURPPE。小时候，医院小卖铺里必定会陈列的一种乳酸菌饮料，纸盒装。七未最喜欢喝这个了，这饮料世界第一。

"加油，加油。"

"七七，加油。"

七未不由自主地站起身。有护士来处理伤口，有人帮忙换上干干净净的睡衣，大家待在开着空调的凉爽房间里，喝着酸酸甜甜的YOGHURPPE，给我加油助威，是这样吗？七未迈开步子。她想知道医院大门在哪里，便转开视线。恰在此时，七未的视线与往这边来的布衣太郎的视线对上了。

一发现七未的踪影，布衣太郎就气势汹汹地冲了过来，抡起右手拿着的空易拉罐，朝七未扔过来。

"加油，加油。"

"七七,加油。"

"加油,加油。"

"七七,快呀!"

哐啷啷,布衣太郎投掷过来的易拉罐在七未脚边滚动着。

布衣太郎被医院警卫倒剪双臂,从后方擒住。

即便如此,布衣太郎仍然打算朝七未扔东西。

不是扔易拉罐,他在扔空气。布衣太郎抓挠空气,无数次地朝七未扔过去。

那些空气,七未全都避开了。扭动、蹲下、跳跃。

然后,想要再次奔跑。

"加油,加油。"

"七七,加油。"

"加油,加油。"

"七七,加油。"

啊……

七未终于停下脚步,双手捂脸号啕大哭。

啊……

原来是这样啊……

这一刻,七未终于明白了。

明白了大家嘴里的"加油"是什么意思,明白了"快呀,快呀"是什么意思。七未一直以为大家是在对她说"快逃",然而并非如此。大家对七未说的是"快点儿被打中"。从一开始,说的就是"七七,快点儿被打中,到我们这边来"。

是这样吗?

见七未抬起头,大家像回应她的疑问一般,用前所未有的音量大声呼喊。

声音响彻四方,回荡在夏日的天空中。那是送给七未的应援歌。

  加油,加油

七七,加油

加油,加油

七七,快呀

快呀,快呀

快点儿被打中

快到这边来

打中就能结束啦

打中就能结束啦

打中就能结束啦

以那天为分界线,七未变了。

七未不再逃跑,不跑,就是不跑。在橡子、水气球、躲避球、空易拉罐面前,在朝自己扔过来的所有东西面前,都不跑。与逃跑带来的疲累相比,被打中时品尝到些许冲撞和痛楚,又算得了什么。在疼痛前方,存在某种东西。有动物饼干,有牛奶,有自习,有YOGHURPPE，有干净的睡衣，有温热的手心，有安全的场所。七未从来都没有得到过这些东西。为什么？因为没被打中过。被打中了，就能得到，肯定能得到。大家都能得到，我不可能得不到。我能得到。我要去拿。今天就去。现在就去。

七未内心深处突然风起云涌般涌现出一股冲动——想要被打中。七未无法抑制这种冲动。并且，对七未来说，这是一场新的战斗，一个新的开始。

翌日起，七未开始不管不顾地在外头闲逛，因为老老实实待在家里或学校不会被打中。从早到晚，她不停地在街上转来转去。第一天，没被任何东西打中过。第二天，也没被打中。第三天也是。一周过去了，七未没被任何东西打中过。七未尝试往人多拥挤的地方扎。她坐上公共汽车，目的地是镇上最大的公园。

踏入公园的一瞬间，七未确信，在这里，肯定会被打中。宽敞的空间里有球，有空易拉罐，有垃圾，有橡子，视线范围内都是能打中自己的东西。这么多东西，似乎很容易使人眼花缭乱，不知会被哪个东西打中，可事实上，只要能打中自己，无论哪种，七未都没意见。

刚好，飞盘进入了七未的视线，"就这个吧"，她做出决定。那是个黄色飞盘。它在空中划了一道弧线，朝这边飞来。七未站在原地，等待着。离远了看体积很小，越来越近时，飞盘猛地变大了。打中我！——念头刚一闪过，一个巨大的毛团突然占据了七未的视线，同时，不知从何处传来一句"接得好！"。视线再次变清晰时，黄色飞盘从七未眼前消失了。

七未花了数秒理解现状，情况似乎是：那是条狗。在千钧一发之际，一条被毛浓密的大型犬横生枝节，把本该砸在七未脸上的飞盘叼走了。狗叼着飞盘，回到主人身边。

"好乖，真棒！"

男人接过狗叼回来的飞盘，抚摩了两下狗的脑壳，再次竖起一根手指。

"去吧，约翰！"

这次一定要成功，怎能输给一条狗？七未追了上去。中一次给你瞧瞧，肯定能被打中。然而，这次还是没赶上。之后，七未又试着挑战了几次，但始终敌不过大型犬的跳跃能力。

继飞盘之后，七未盯上了足球，觉得这个能行。看见一群人在公园一角踢球，她想，就这个吧。七未飞奔进场地后，哨声响了。

"正比赛呢，抱歉，别妨碍我们。"

七未被人拉住胳膊，轰出了场外。

继足球之后，她又选中了橡子。橡树下有带着孩子的大人，二人正在拾橡子。她朝那边走去，坐在走起路来摇摇晃晃的小女孩和其母亲的身旁，一起捡起橡子来。七未把捡到的橡子递给小女孩。

"哎呀,谢谢。都给我们啦!真是个好心人。来,优衣,跟姐姐说谢谢。"

"靴靴(谢谢)。"

如此这般,七未边拾橡子边等待。然而,小女孩也好,女孩的妈妈也好,根本就不朝自己扔橡子。七未心想,要是幼儿园园长在这儿,她们就会扔了吧。

七未按捺不住,自己做出示范。她捡起落在脚下的橡子,说"你要这样做",说着朝小女孩扔过去。橡子砸在小女孩的脸蛋儿上,女孩哇的一声哭起来。

"你干什么呀!"

母亲的声音引来了围观人群,七未急匆匆地离开了公园。

七未面向公园的远征之旅以失败告终。不过,那之后,为了被打中,七未还是积极走出家门,往似乎能被打中的地方跑。

有时往正在公园里打球的孩子们中间跑,有时又跑去棒球场长时间等待界外球击中自己，有时甚至会在附近的高层公寓下方走来走去，祈祷天降花盆好砸在自己脑袋上。狂风大作的夜晚，会不会从哪儿飞来一块广告牌砸在自己头上？七未也试过跑进行车道正中央。可是，都不奏效。不管做什么，都撞不上。球和广告牌不会飞过来，花盆不会掉下来，汽车会在千钧一发之际避开，一头撞上电线杆子或墙壁，开始冒烟。

七未的欲望，一次都没有被满足过。就这样，岁月流逝。请假不上学的时间没过去多久，七未就从那所小学毕业了，糊里糊涂地升上中学。

即便成长为中学生，七未的日子还是一成不变，每天都在琢磨怎样才能被什么东西打中。七未第一次到校上课，是入学仪式后过了两个月的某天。那天早上，七未穿了一身崭新的校服，说："从今天开始，我要去上学。"家里人听了都很惊讶。她连早饭都没吃，就出了门。其实，昨晚七未躺在被窝里，脑中突然冒出一个念头——中学校园里可没禁止玩躲避球。自从发生那个"事件"，小学校园里就禁止玩这个了。如今，自己已成为中学生，那么，大家应该可以痛痛快快地玩了吧。七未心想，只要玩躲避球，怎么都能被打中吧？只要不逃跑，肯定能被打中。怎么可能逃跑呢，因为心心念念就想被打中啊。七未翻来覆去睡不着，大半夜的，就预备好了明天要穿的校服。

自打升上中学，这是七未头一次踏进学校的大门。七未被一个女老师——说是班主任——带到她所在的班级，引到座位上。脑中模拟的画面进行得很顺利，剩下的，就是等待休息时间的到来。

如此这般，七未等了又等，终于等到下课。不知为什么，没有人玩躲避球。七未孤零零地站在操场上，直到休息时间结束。

第二天，七未又去上学。告知休息时间已到的下课铃刚一响,她就跑到操场上。果然,那里还是一个人都没有。

七未回到教室里,再次环顾四周。七未的座位附近都是跟她一样身穿整套藏青色校服的同班同学。他们三三两两聚集在一起,叽叽咕咕,边说边吃便当。吃完后,有人开始聊昨晚看过的电视节目,有人聊喜欢的人,也有人摊开笔记本开始学习。

没人玩躲避球。七未到处和人搭话,叫大家去玩球。被搭话的同学齐刷刷地皱起眉,唰的一下转过身去。躲避球不行就换成排球或篮球,只要能砸中自己,什么球都行。上体育课时,七未叫喊的声音比谁都大,可不管她说多少句"传球!传球!",没有一个人肯把球传到她手里。不仅不传球给她,甚至既不与她对视又不和她讲话。看来,七未成了被霸凌的对象。那是一种抹杀存在的霸凌方式。霸凌行为分很多种,七未的同学里,有个孩子会被人扔垃圾、扔抹布。七未用余光瞅着这个同学，心想，自己也变成这类对象该有多好——因为七未被大家抹杀了，谁也不肯朝她扔东西。

再这样下去，永远也不会被砸中。

很可能一辈子都不会被砸中。

七未的焦躁情绪一天比一天严重。

起先，七未拿起橡皮，是因为当时橡皮恰好吸引了七未的视线。七未用指尖捏起那个小小的硬物，随手贴在自己脸上。

啪，橡皮撞上右边的脸颊。

接着，七未拿起自动铅笔，随手往脸上一按。跟橡皮一样，自动铅笔也撞在了右边脸颊上，又滚落到书桌上。

随后，七未拿起尺子。啪的一声，尺子打在额头，弹跳起来。弹跳的尺子哧溜一下滑落到地面上。圆珠笔、笔盒、课本、笔记本、字典，七未看见什么拿什么,挨个儿往脸上砸。哐,笔盒撞上鼻尖。啪,课本打在后脑勺儿上。啪,笔记本拍在胸口上。英语字典的一个角嘭的一声撑在太阳穴上。没东西可砸时,七未就挥拳砸自己。右拳砸在右半边脸上的一瞬间,嗵的一声,发出了迄今为止最大的声响。

忽然感受到他人的视线,七未转了转头。邻座的男同学脸色发青,盯着七未看。七未把脸扭回正面,老师同样一脸怯意,盯着这边瞧。对啦,还在上课呢。七未打算把散落在地上的课本捡起来,捡东西之前,又用拳头砸了自己一次。嗵,声音依旧。再来一次。嗵,再来一次。嗵,七未一揍自己,班里就骚动一次。不知为何,嘈杂声中夹杂着竖笛的声音,笛声传入耳中。

……mi、fa、sol,嗵,嗵。mi、fa、sol,嗵,嗵……

可能是哪个班级正在上音乐课吧。七未简直像跟上了节奏似的,和着节奏,跟大家一起演奏出乐谱。

……mi、fa、sol，sol——嗵。la、sol、mi——嗵，嗵。sol、fa#、sol、re、re、do、si——加、油、加、油、七、七、加、油。re、do、si、la、sol——fa、mi。打、中、就、能、结、束、啦，打、不、中、就、没、完、没、了，嗵，嗵。

好奇怪哦，七未心想。不管揍多少下，结局永无休止。

不久后，家里人决定将七未送进医院。七未身边没有强行用武力制服狂躁型个体的成年人，他们用温柔的话语耐心劝解七未，说，大声喊叫，口渴了吧，凑合喝点儿这个，说着递给她一罐可乐。七未喝下可乐后马上困得不行，睁开眼时，人已经到了医院。

七未被收容到一个四人间。除七未外，其余三人都是二十岁出头，跟年纪比自己小的七未说话时，口气相当拽。七未根本就没问,她们却一个赛一个地长篇大论做起自我介绍,还强迫七未也说。

"话说,你呢?你得的什么病?"

七未没理会。我没得病。

这些人没完没了地问东问西,七未没办法,只得回了一句"我没病"。一听这个,不知这话哪里不妥了,三个人你看看我我看看你,哈哈大笑起来。跟这种人当室友,住院的日子想必不会过得很舒心。

住院后,干什么都要循着时间表来。不过,七未撒了谎,说觉得难受,除咨询时间之外,几乎一整天都待在床上。吃饭时也要拉上隔断帘,在床上吃。面对这样的七未,三个人渐渐不与她搭话,同时,开始找碴儿欺负她。她们把七未的私人物品扔进垃圾箱,故意说些恶毒的话语让七未听见,在七未的拖鞋里写些下流句子。这些举动既幼稚又无聊,当真计较,显得有点儿傻。不过,某天七未上完厕所回来后发现床铺完全湿了,七未还是生气了。当着三人的面,七未挨个儿往她们的杯子里吐口水。

"你干什么!"

三人中最胖的那女的从床上爬下来,冲向七未,高高地扬起手,朝七未脸上直直得一甩。呼,手心带起一股抽动空气的声音。七未不由得闭上双眼,然而,什么事都没发生。

轻轻睁开眼一看,三人都指着七未,边笑边说:"怂了耶!"

七未抓住胖女人的衣服前襟。咚,女人屁股着地,摔得四仰八叉。七未骑在女人身上,开始叫喊。

"为什么!差一点儿就能打到了!为什么!"

七未攥起拳头,向下挥去。女人发出短促的悲鸣声。嗵,一个声音响起。接着又是一声,嗵。

为什么,为什么,七未反复念叨这句话,不断挥拳,一次又一次地揍自己的脸。

那天深夜，七未被叫去了咨询室。

叫走七未的是位男性医师，个子矮，头很大。他是七未的主治医生。每周一次，周一午后两点到三点，七未和这位主治医生在咨询室碰面。七未一句话都不说，取而代之的，是谈论各种话题的主治医生。他谈论喜欢的电影和书籍，谈论去国外旅行时发生的往事，谈论学生时代的失败经验。七未喜欢听主治医生说话。住院生活糟到极点，唯一值得称道的，就是在咨询室里跟主治医生待在一起的这段时间。

主治医生叫走七未的那个夜晚，并不是星期一。

主治医生带着前所未有的严肃表情，目不转睛地盯着端坐在面前的七未。

面对与平日截然不同的主治医生，七未鼓起勇气，问他，怎么啦？听见这句话，主治医生朝这边伸出手。

医生用指尖轻柔地触碰七未那肿起来的脸颊。

"不疼吧?"

七未摇摇头。

"很疼吧?"

七未还是摇头。

这时,七未察觉到,端坐在眼前的医生流露出非常悲伤的表情。

七未从没见过哪个人脸上出现过这样悲伤的表情。

"能不能告诉我呢?"一脸悲伤的医生这样对七未说。

……告诉你什么?

"告诉我,你殴打自己的理由。"

我没有,七未连忙说,这不是殴打,是用拳头碰脸。

"嗯,"医生悲伤地点点头,"用拳头碰脸。为什么?"

为什么？因为别人都不来碰我啊。不是拳头也行，球啦，空易拉罐啦，只要能碰到我，什么都行。想被碰。想被碰，却没什么能碰到我，所以，我自己碰自己。手边最容易拿来用的刚好是自己的拳头，仅此而已。

七未解释不清。不过，唯有"想被碰"这种心情，主治医生听明白了。七未一直想被人碰，想得停不下来。

"为什么想被碰呢？"

又问为什么？

"你为什么那么想被碰呢？"

因为不被碰到就终结不了啊。

"终结？终结什么？"

还能有什么，全部呗！

医生不解地歪着头，短促地叹了口气。医生的问题似乎问完了。这一次，轮到七未发问。七未问医生，自己什么时候才能出院。

"……你不再自己殴打自己时,就可以出去啦!"

不是说了吗,不是殴打——七未把这话咽了下去。她点点头,说:"知道了,我都懂,我不会再殴打自己了。"

"真的吗?"医生的表情有些沮丧。

"我保证。"七未说。她指指医生的右手,又说:"相对地,请您用您的拳头碰一碰我的脸。"

医生睁大双眼,似乎相当震惊。

求您了,七未轻轻低下头。"迄今为止,已经无数次地用拳头碰过脸颊,无论碰多少次,都无法终结。这件事,由自己来做恐怕不行,所以,请用您的拳头碰我。我觉得,这样做,那个就能终结。"

七未把左脸转向医生。

咕噜,医生咽了口唾沫。

"……真的可以碰?"

可以。

医生握紧拳头。他短暂地凝视了一下那拳头，突然间，又带着心意已决的表情抬起头，朝七未脸上挥去。

七未没有闭眼。她想亲眼确认医生的拳头怎样迫近自己的脸庞。看起来很硬的拳头在即将砸到脸颊的那一刻戛然而止。

一股风拂过脸颊。

七未打心眼儿里觉得失望。

求您再来一次，这次，请好好碰我。七未又一次低头恳求后，医生和先前一样握紧拳头朝七未脸上挥去，在即将砸中那一刻戛然而止。再做一次，还是戛然而止。

七未紧紧缠住医生。

医生，为什么不碰我！求您再来一次！这次，请好好碰我！

这时，七未察觉到端坐在眼前的医生流露出异常痛苦的神情。长这么大，七未从没见过哪个人脸上出现过这样悲伤的表情。

一脸痛苦的医生轻轻将双手搭在七未肩膀上。那双手慢慢向上抬起，手掌轻柔地包裹住七未的脸颊。

接着，医生语声苦涩，说道："……怎么能下得了手呢。伤害这样惹人怜爱的脸蛋儿，我不可能做得到。"

刹那间，七未与医生的幽情就此展开。

交往后不到第二周，七未就已了解到，医生是有太太的。虽然已知晓这个事实，但她对医生的心意并未动摇。这是七未的初恋，对她来说，医生就是她的全世界。

医生说过很多次要和太太离婚，和七未结婚。他还说要把结婚纪念日定在七未二十岁生日那天。离那天还有五年[1],说服太太同意离婚必须花费这么长时间——对医生这句话,七未深信不疑。医生和七未偷偷摸摸地在医院里见面,多次幽会。自从与医生交往,七未开始整理仪容仪表。早上起床后,洗脸、刷牙、梳头,给干燥以至裂开的嘴唇涂上润唇膏。因医生说过"还是胖点儿好",吃饭时就吃得精光。医生说"绝对不能用拳头碰自己的脸",就不碰了。同时,七未开始主动抑制过去曾那样频繁涌现的"想被击中"之冲动。

他人注意到了七未的变化,执拗地追问她到底发生了什么,可七未死都不开口,因为医生严厉地禁止过,说"不能跟任何人透露我们的关系"。此后,二人亦多次私下幽会,七未的情况逐渐好转。交往半年后,医生终于决定让她出院,同时,七未怀上了医生

---

[1] 在2018年3月13日以前,日本女性的法定结婚年龄为16周岁。

的孩子。

一开始,七未并没有察觉到自己怀了孕。弄清楚时,腹中的小生命已经成长到了必须生下来的地步,别无他法。

七未将此事告知医生时,医生情绪十分激动。他用充血的双眼来回扫视七未的脸和肚子,重复着一句话——绝对不能,绝对不能,绝对不能泄露此事。七未后来才知道,医生的太太是院长的独生女,家里已允诺医生下一任院长让他当。打从一开始,医生就没想过要跟七未结婚。

七未照医生的话做了。怀孕一事,没跟任何人讲过。她离家出走,抛弃了生养自己的家,此后,再也没有回去过。

医生说自己的亲戚有间公寓,七未搬到了这间公寓里。

冷眼看着自己的肚子一天比一天大,为迎接偶尔过来的医生考虑菜单,打扫房间,七未每天都过着单调的生活。日子无聊得要命,但她深信不疑,过着这样的日子,就会等来"结婚"二字。

一周来三次,医生保持着这样的步调。把吃的跟水搬进屋里后,就扑通一声躺在榻榻米上,小睡片刻。医生睁开眼,吃完七未端来的食物,又扑通一声躺下,这次,医生睡得很踏实。医生离开这里要回家时,会跟七未肚子里的孩子说上一两句话。

"是个男孩,就叫七男;是个女孩,就叫七子。"从母亲的名字里取一个字吧——这话是医生提议的。男孩叫克男,女孩叫克子,不行吗?七未半开玩笑地说。一听这话,医生似乎很不高兴,说,别说这种话行吗?从自己的名字里取字,唯有这件事,绝对不行。医生就是这样的人。

八月,在一个下着雨的清晨,七未生下了孩子,生在公寓里的榻榻米上,接生人是医生。七未生孩子用了三十二个小时,是难产。最后,七未生下一个男孩,因此,取名七男。

七男是个爱哭鬼。医生嫌婴儿的哭声太烦人,渐渐不来公寓了。一周三次的见面频率变成了一周两次,一周一次,有时,整周都不见他露面。不来的那一周,医生会送来一大箱快递,代替自己。箱子里有食物和水,有奶粉、纸尿裤、卫生纸、牙膏,从生活必需品到各种东西,塞得满满的。有一天,纸尿裤的袋子上贴了张四四方方的便条,上面写着"暂时不能去了"。正如这句话所言,自那天起,医生再也没有露过面。

从那时算起,七未一点点做回了从前的七未。医生已不在身边,屋子自然不用收拾,也没必要再换衣服跟洗脸,做些整理仪容仪表的举动。听着婴儿那从早到晚没完没了的哭声,七未就对所有事情都感到厌烦。喂牛奶、换尿布，就算是自己该吃什么，都不关心。在敷衍了事的情绪下，七未屡次打破与医生的约定，开始用拳头砸自己的脸。嗵，唯有感受着这股手感和钝痛，才能忘记婴儿那烦人的哭声和失去医生的寂寞心情。

后来，医生仍频繁送来快递包裹。几乎吃不完的面包、大米、方便面、点心，也包括七未从前爱吃的动物饼干。七未不做饭，只吃饼干。对着牙都没长出来的儿子，也给他饼干吃。医生送来的不单单是食物和日用品，还有绘本、玩具和儿童黏土。总之，单论种类，是非常丰富的。然而，从某天开始，快递包裹也不再出现了。

七月的某天，很热，七未抱着快满一岁的七男，来到医生工作的医院。在前台报出医生的名字说想见他时，对方说，这里没有叫某某的医生。七未听后，脑中一片空白。七未说着"不可能"，在与前台纠缠不休时，刚好经过此处的保洁大婶轻轻对七未耳语了一番。

医生竟然因涉嫌向儿童买春而被警方逮捕了。据说，是两个月前的事。刚好那个时候，快递包裹不再寄来。之后，七未想见达成庭外和解并被释放的医生，还去了他家，可是，那里的房子已经被变卖了。

即便如此，七未和七男还是在医生准备的公寓中住了七年。在电、天然气、水都被停掉的屋子里，七男哭着说屋里好黑好害怕，哭着说肚子好饿，哭着说好想喝水。不记得是哪天哪时的事了，七未像平时那样"嗵""嗵"地用拳头砸自己的脸时，七男突然飞奔过来。本以为他在睡午觉，七男却哇哇大哭，边哭边抱住七未的右胳膊。七男哭喊着"不要""不要"，七未用闲着的那只手撞飞七男。脑袋撞在墙边上的七男念叨着"好疼"，哭得更凶了。七未把哭泣的七男晾在一边，毫不理睬。大概是"嗵"这声音太吓人，七男边哭边捂住耳朵。

七未打算冲进行驶中的车流时,七男紧紧跟在母亲身后,边哭边说"不要""不要"。七未打算钻过铁路道口放下的断路闸时,七男同样张开两只小手,边哭边说"不要""不要"。在狂风大作的天气里,七男拉住在户外瞎转悠的七未,牵着她的手,边哭边说"回家吧"。七男老是哭。一天晚上,七男边哭边问七未:"妈妈,为什么?妈妈,为什么要做这种事?你打自己的脸,你想要被车撞,为什么要做这么危险的事?"

七未开始跟儿子说话。从"橡子事件"开始,说了"水气球事件",说了"躲避球事件",说了布衣太郎这个人和声援自己的大伙儿,还说了七男的父亲,说起那位医生。

七未从半夜说到天亮,说到太阳升起。说到一半时,已经不知道在说什么了。她说了一大堆七男闻所未闻的单词。尽管如此，七男揉着惺忪的睡眼，还是听到了最后。"我做那些事，都是因为这些，明白了吗？"——听见七未发问，七男点了点头，说，明白了。

虽说与人对了话，七未那股"想被碰撞的欲望"似乎并不能轻轻松松就平息下来。七男也一样。虽说问过了理由，但并不能对母亲的行为视而不见。七未依旧天天外出，七男穿着肥大的女鞋，跟在她身后。在业余棒球场附近等待棒球飞过来的七未，在刮大风的日子里站在户外等着什么刮过来的七未，没被任何东西砸中就整夜整夜用自己的拳头揍自己的脸仿佛借此发泄胸中积怨的七未。紧紧抱住这样的七未的胳膊、边哭边说"不要""不要"的七男。在母子二人身上，这样的光景，可谓见怪不怪。

如此这般的二人，如此这般的日常生活，终究有画上休止符的一天。

事情发生在七男七岁的那年夏天，一群人突然出现在公寓中。

在大门口,那些人问了七未很多问题。七未像傻子一样"嗯""嗯""嗯",不是摇头就是歪头,以此作为回答。其中一人对待在屋里的七男微微一笑,冲他招招手,说:"过来呀!"七男正打算穿上母亲的鞋,对方问他:"你的鞋呢?"七男摇摇头。那人走出开着的房门,很快又回来了,手里拎着一双不知从哪里置办的白色儿童运动鞋。当时七男所展现的表情,七未永远也忘不了。他接过运动鞋,脚伸进鞋里的一刹那,啪的一下,脸上乐开了花。鞋号惊人地合适。只为你一人准备的鞋。七未呆呆地立在大门口,泪流满面。你好像灰姑娘啊,七男。太好啦,七男。真的太好啦!

穿着崭新的运动鞋,七男却立刻退回到了不安的情绪中。大人们推着他的后背赶他走,他无数次地回过头。啪嗒,门关上了。紧闭的大门外,传来呼唤七未的声音。

"妈妈!"

七男被带走后,又过了数日,七未也收拾行李,搬进别处。阿扎美宿舍,这地方是个民营设施,为社会生活中有困难的女性提供帮助。在这里,七未和其他入住者一样,过着作息规律的日子,接受职业培训,为回归社会做准备。

说要回归社会,可七未自打念小学起就没正经上过几天学,别说社会规则了,连简单的汉字都不认识。面对这样的七未,尽管设施里的工作人员感到很棘手,但还是耐心地指导她。特别是一位叫米田的员工,对七未关爱有加。米田不仅教导七未学会礼仪礼节的一般常识,还告诉她如何记住小学课堂上教授的计算公式和年号,告诉她怎么清洗番茄酱留下的污渍,传授她如何在阳台上培育小香葱的秘诀。一天晚上,应米田的邀请,七未和其他人一起登上屋顶。米田边悄悄用钥匙打开挂在屋顶大门上的挂锁边回过头看了一眼众人，笑着说，今天例外哦！那天晚上，米田让大家看的，是一场高空烟花。在场所有人都看着烟花哭起来。有人想起了与他人共同观看烟花的往事，也有人长这么大头一次观看烟花被感动哭了。七未边想七男边哭。

其实，七男所在的设施同七未所在的这家是同一家母公司在运营，距离并没有那么远。因此，若按规定流程申请到许可，就能自由外出或安排二人见面。

处在想见就能见的情况下，七未却从未表现出想见七男的愿望。

"不想见见孩子吗？"

就算米田来问，七未也只是沉默着摇摇头。

七未在害怕，她怕七男拒绝见自己。给他买运动鞋也好，送他上学也好，七未都办不到。你这种人，根本就不配为人父母——她害怕得不到这些的七男当着自己的面说这些。

"你知道吗?"米田的表情仿佛在告知她什么藏宝地点,"在孩子心里,妈妈是最棒的。"

七未不配做母亲。七未早就丧失了做母亲的资格。七未能够成为七男的母亲,七男能够接受七未成为他的母亲,为了达成这些,必须经过一些准备。

接受完一整套职业训练后,七未开始努力找工作。营销,卖货,行政,前台,招聘考试一个都没过。由于七未不擅长与人交流,米田给七未介绍了一份在便当工厂打工的活儿。

工厂发来回信通知七未面试合格的第二天,七未就被告知七男或将成为他人的养子。

晴天霹雳!养子?七未从未设想过要把七男送给谁当养子。七未想的是,总有一天,要接回七男。找工作,也是为了七男。为巩固二人的生活基础,七未才努力去做。

"咦！原来是这样啊！"米田一脸惊讶，"既然这么想，就得这么说呀！你不是一直说自己不配当母亲吗？也从没看望过孩子。我还以为你没心思养育孩子呢。哎呀，别生气嘛，不要紧，没有亲生母亲的同意，这件事是不可能办成的，我就是随口一提。那，我就跟对方说去了啊，说这事不算数。想想也是，就是七男本人，也会觉得比起跟随认都不认识的有钱人一起生活，还是跟自己的母亲一起生活更加幸福吧？"

七男的幸福？

七未把七男当成养子送了出去。

讽刺的是，自打七男诞生到这个世界上，七未头一次祈求他能够获得幸福。

决定在便当工厂工作的七未离开阿扎美宿舍，开始一个人生活。宿舍负责人给她做担保，帮她租了一间公寓。这屋子，跟七未和七男曾经住过的那间屋子很像。天花板上的污痕像，破烂的纱窗像，隔扇上画着的两只鹤也像。小的那只是我,大的那只是妈妈——甚至连七男嘴里从未说出过的话语,七未似乎都已听到了。

七未的工作干得很不顺利。好不容易在便当工厂找了份工,干了两个月,七未就辞了。辞职的消息似乎也去电告知了帮七未找活儿干的阿扎美宿舍,米田立刻打来电话。即使回复"会继续找工作",第二天,米田还是会打来电话,探听七未近况如何。七未应付几句挂断之后,电话马上又响起。七未不再接电话。第二天,从超市回来后,七未看见邮筒里塞了一张便笺,上面写着"我会再来"。七未带着少量行李离开公寓,那天,她睡在了公园里。

交不上房租,七未迟早会被公寓管理者扫地出门。考虑到米田可能又会搞突然袭击,七未也没办法轻易往回跑。白天在大街上瞎转悠,晚上在车站或公园的长椅上睡觉。七未在熟睡时被醉汉骚扰过很多次,每次都要来回转悠，寻找新的安全地带。冷风吹过的夜晚使人无限眷恋阿扎美宿舍里的上下铺。七未睡下铺，上铺是四十二岁的篠塚。篠塚的呼噜声特别吵，匿名投诉此事的，就是七未。如今，就连那呼噜声，也让人感到无比可爱。七未来到阿扎美宿舍的大门前，按下门铃。她只按了一次。当时，中庭传来米田和入住者们谈笑风生的动静。听见这些声音，七未猛然转身，掉头就走。回不去了，没办法再回那里。那里是为此后要好好活着的人准备的。那里不属于七未。七未去哪儿都行，去哪儿都一样。

七未漫无目的地在大街上徘徊。走着走着，下雨了，她就到某个建筑里避雨。那地方很暖和，带着一种特殊的味道。七未不知道，那是一种古老纸张散发出的味道。有生以来，她第一次踏入这样的场所。这是间图书馆。

图书馆一角铺着榻榻米，榻榻米的角落里，一对母子正在阅读绘本。母亲一读出"不倒翁先生"这几个字，拘谨地坐在母亲膝盖上的男孩便咯咯笑，笑声很可爱。七未脱了鞋走上榻榻米，母亲突然低下头，男孩捏着鼻子，说，好臭。为了不打扰这对母子，七未尽可能缩起身子，靠在这头的书架上。

不知过去多久，"叩、叩"，有人敲了敲七未的肩膀。她睁开眼，一位戴着银边眼镜的青年直勾勾地盯着七未看。

"你没事吧？"

不知不觉中，七未好像睡着了。读绘本的母子俩已经走了。

"闭馆时间到了。"青年说。

七未走出图书馆，天已经彻底黑了。或许是榻榻米的功效吧，身体微妙地变轻快了。七未带着前所未有的畅快心情，朝夜晚的大街走去。

从这天开始，七未的生活模式固定了下来。白天在图书馆里睡觉，夜晚醒来出去活动。很明显，比起在白天获取食物，夜晚搞吃的必然更安全。为什么以前没注意到这点呢？一过零点，图书馆附近的便利店就会丢弃大量食物，这样就能确保多日都能有口粮，还可以在天亮前尽可能地选择人多车多的地方度过一夜。太阳升起时，赶往图书馆正后方的宽阔广场。广场上的时钟走到十点时，到图书馆里待着。直到下午五点前，都可以睡觉。其实，七末很想多睡一会儿，可戴着眼镜的青年必定"叩、叩"地敲敲七末的肩膀，把她叫醒。

当晚，为了找吃的，七末朝常去的便利店走去。零点刚过，便利店后门开了，一个少年抱着购物筐，从店里走出来。

还是这个少年，头发染成金色，手腕上戴着哗啦哗啦直响的金属链子。他单手掀开垃圾桶桶盖，把购物篮里的东西一股脑儿地倒进去，麻利地合上盖子，回到店里。几分钟后，垃圾车就会过来。七未蹑手蹑脚地接近垃圾桶，这时，刚关上的后门又开了。

"请你喝。"

少年递给七未一罐咖啡。

事态过于突然，七未慌了神。

"那，那个……"

"喝吧。每天都这样，很要命吧。"

……呃，也不至于每天都干，平均算下来，三天捡一回。七未嘟囔着这句话，伸手接过对方递来的咖啡。不仅手腕上有金属，少年的手指上、脑袋上、脸上，都戴着金属。看着少年忽然扬起的脸庞，七未有种似曾相识的感觉。咦？不会吧？

"七男？"

"啊？"

"……七男？……你不是七男？"

"我叫智也。"

"啊，对不起，认错人了……"

接过咖啡后，吧嗒一声，七未面前的后门关上了。

怎么可能是七男呢，脸跟年龄完全对不上。首先，七男根本不会在这里。这会儿，七男正在不认识的有钱人的家里呢。啊，七男，你过得好不好？有没有人正经给你喂饭？新的家庭成员不会欺负你吧？七男会不会被人欺负，逃出那里，无处可去，游荡在夜晚的大街上呢？

那一晚，七未一直在找长得像七男的少年，看到谁像，就跟谁搭话。七男？是七男吧？是不是七男？是你吧！回答我！七男！她抓住背对自己打算逃开的七男的肩膀，硬要人家回过身来。

转向自己的"七男"戴着一副银边眼镜。

他正忧心忡忡地端详着七未，问道："你没事吧？"

"七男。"

"……我不是七男。"

咦?

"你好像被魇住了。是做了噩梦吗?"

梦?

慢慢支起沉重的身体,七未才发现,这里是图书馆。

一整晚,七未都在走路,在找七男。现在也和平时一样,在图书馆绘本区的一角大睡特睡了一番。

"……不好意思,闭馆时间到了,对吧?"

"是的。"

青年打开出入口的大门。

对轻轻低头致谢打算走出图书馆的七未,青年冷不丁说了一句话:

"您在找人,对吧?"

七未回过头。青年静静地说了下去。

"那个人对你来说非常重要,对吧。"

"……是的。"七未点点头。

"放宽心,能见面。"青年说。

什么意思?

"我能……见到他吗……?"

"能。"

"怎么做才好?"

"不用做什么。你身上带着思念。只要有这个,就足够了。"

思念?

"……只要想着就行了,是这样吗?"

青年点点头:"没错。"

"光想着,就能再见七男一面?"

"能,你只需要等,等着就行了。"

"不到处找,也没关系?"

青年轻轻地把手贴在自己胸前。

"没必要找,因为身上带着思念。"

不知在七未眉间看到了什么,青年一直盯着那里。

"……尽量不要来回走动。这样比较好。"

咕噜,七未咽了口唾沫。

青年眯起眼,微微一笑,随后,又说了一遍。

"放宽心,能见面。"

好像得到了一些勇气,七未深深低下头,朝青年行了一礼。

"谢谢你,我会努力的。"

"希望你们不会彼此错过。"

当晚,七未没有在大街上徘徊。按照青年说的那样,她乖乖地坐在广场长椅上,等待七男的到来。就算被醉汉骚扰或有野猫在脚边撒尿,她都一动不动。

天亮了,七男没有来。青年会不会在撒谎?不,等等,本来人家就没说过七男会到这个广场上来呀!

莫非，为见上一面，适宜等待的地方在别处也说不定？再去问问青年吧，打听打听详细的地点应该在哪儿。广场上的指针一走到十点，七未赶紧朝图书馆走去。

平日里总是笔直地走到榻榻米上，躺下睡觉，可今天，她笔直地走向咨询台，说了句"不好意思"，和别着"馆长"胸卡的老大爷搭话。包括馆长在内，这座图书馆的员工，只要看见七未走进来，肯定会戴上口罩。

不戴口罩的，只有那位青年。七未问馆长，他什么时候会来上班。

"戴银边眼镜的职员？"馆长不解地歪头。

"是的，他很年轻，个子很高。"

"这里的男员工，只有我一个人啊。"馆长说，"是有很多员工戴眼镜，但都是女性哦！"

"闭馆时间一到，他总会来通知我。"七未说。

"闭馆时间?"

"是不是拓哉?"

馆长身后,正在操作电脑的女员工回过头来,说了一句。

"啊,对对,是拓哉。"馆长笑着点点头。

"拓哉?"

"拓哉不算员工哦。他嘛,怎么说呢,只是馆内常客,每天都来。咦?不过,今天没来呀。"

"今天大概在医院,因为每周三上午那孩子都在医院。"

"对对,估计下午就来了。"

"他妈妈也会一起来吧。"

"因为今天是星期三嘛。"

七未在绘本区的一角小睡了片刻,睁开眼时,拓哉已经到了。他坐在靠窗的位置,面前摊着一本热带鱼图鉴,并没有在附近发现母亲模样的人。七未朝他走去，离他还有几米时，见他看书的样子十分专注，七未便抑制住了自己，没有同他搭话。七未站在门前，给拓哉鞠了个躬，跑回先前的广场。

七未坐在长椅上，手里什么也没拿。没有吃的，没有喝的，没有换洗的衣服，也没有毯子。

七未所拥有的，只有思念，只要有这个，就足够了。拓哉说了。

七男没有来。七未左等右等，就是不来。昼夜交替，又是昼夜交替，还是昼夜交替。不管重复多少个昼夜，七男就是不来。到底过去了多长时间呢。天长日久，如此苦等七男，某天，七未发现了一个重大事实。看清楚广场公厕里的镜子倒映出的自己时，七未猛地发出一声惨叫。

这人是谁啊？！

镜子里的女人像个山中女妖。黑不溜秋的皮肤，凹陷下去的眼窝，瘦削的脸颊，盖住上半身的干巴巴的头发，从侧面看，脊柱弯成了"く"字形。

这副模样，七男不可能认出自己。说不定，他已经无数次经过广场，却不知道那就是自己，每次经过，都视而不见。

七未连忙用掉在地上的橡皮筋把头发扎起来，洗了脸，为加速血液流通，给自己做按摩，大大地伸了个懒腰，前后活动肩胛骨。

比刚才强些了吧？为求稳妥，七未时常坐着的地方也换了一个。七未坐在路人经过时最显眼的那张长椅上，轻轻抬起下巴，挺直腰板。

即使做了这些，七未还是感觉做得不够，因为外表还残留着一些不稳定的因素。七未觉得，自己身上要是能有些更好理解的记号就好了。弄点儿什么好呢？要那种七男一看就能认出七未的东西，要能够证明七未就是七男母亲的证据，严丝合缝的证据。

这时，啪的一下，七未脑中闪现出动物饼干的模样。年幼的七男总是咀嚼这种医生送来的小零食来代替主食，七未也吃。在那间公寓里，有一阵子，自己只吃动物饼干。就是这个！关于七男，这就是只有母亲才知道的个人信息，不是吗？就算凭外表判断不出是与不是，但只要看见自己手里拿着动物饼干，一定会坚信"啊，这就是我母亲，不会错"，不是吗？拿上动物饼干，重逢时，为表示庆祝，还能一起吃。很好，就是它了。为此，得先拿到动物饼干。没有钱买，所以，去便利店或超市偷吧。可是，偷饼干期间，万一七男来了，怎么办？万一彼此错过了，怎么办？

"希望彼此不要错过"，拓哉这句话简直像带着诅咒的咒语一样，重重地压在心头。

怎么办？怎么办？去偷饼干，还是待在这里？偷饼干的空当儿，要是七男来了，怎么办？

这时，嗵的一声，有人把某样东西撂在七未眼前。那东西方方正正，是个粉色的盒子，盒子上画着好多可爱的动物图案。七未以为自己眼花了。……对，就是这个！眼下，最想要的就是这个了，是动物饼干！怎么会？为什么会出现？

七未不禁站了起来，目光撞上一个头戴鸭舌帽的中年男人。

男人一脸不高兴，视线频频瞥向七未，再次嘡的一声放了下什么。这一次，是装着巧克力点心的盒子。男人脚下有只大纸箱，他从纸箱里往外掏东西。嘡，一盒膨化小零食。嘡，一盒蛋糕。

不知是什么时候搬过来的，七未坐着的长椅前放置了一个类似陈列台的小桌。男人往这台子上堆东西，越堆越多。嘡，咣，咚，扑通，咔嚓。不只点心，还有玩具、游戏机、座钟、公仔和贴着"纯金制"三个字贴纸的、闪耀着金色光辉的招财猫。这是怎么了？转眼间，小小的台子上就堆满了物品。

"让一让，让一让啦！别碍事！"

七未身后出现了两个身穿T恤的年轻人，他们打算把长椅搬走。七未想要追上去，一辆轻型卡车擦着她身边开了过去。仔细一看，广场里到处都停着小面包车和轻型卡车。七未坐的那张长椅被搬到公厕后面的树丛中，跟早就撤走的其他长椅摞在一起。人们拿着细长的铁棒和红白相间的布，在七未眼前来来回回，到处都是人喊人的声音和叮叮咣咣敲打什么的声音。帐篷像画了个圆一样转了一圈，就搭好了。有白色的，也有红色的，有白铁皮铺成的顶棚，也有蓝塑料布铺的顶棚。旗子竖了起来，彩灯也拉好了。转眼间，广场变成了庆典活动会场。

皋月大街主办 哇哇惊叫庆典

皋月第一广场举行

10月29日（星期五）、30日（星期六）、31日（星期日）

印着这些的传单随风飞过，落在七未脚下。

广场上只有一个地方没有搭建帐篷，就是七未不久前坐着的那块地方。戴鸭舌帽的男人从停在身边的面包车装货区搬下来一些高低不等的台子，放置在长椅所在的位置。台子上布置的东西，怎么看都像游戏奖品。

戴鸭舌帽的男人瞥了七未一眼。七未赶紧转开视线，装出一副观察大批金鱼在塑料袋里优哉游哉游泳的模样。伴着哗哗的水声，金鱼被倒栽葱式倒进蓝色大水槽里，下一秒，又带着若无其事的表情轻快地游起泳来。庆典要开三天，这期间，能不能把那盒动物饼干搞到手呢。

戴鸭舌帽的男人可能察觉到了什么，又瞥了七未一眼。

天越来越黑，慢慢地，人开始聚集起来。有紧贴在一起的男男女女，有抑制不住兴奋模样的孩子们。尽管天气已经凉飕飕的，女孩们仍旧身着浴衣，指着吸引人目光的摊位，发出愉悦的声音。卡带式收录机里流淌出的乐曲带着杂音，估计是这条大街的形象宣传曲。某某，好久不见，身体好吗？——场子里到处都是见到老朋友后的欢声笑语。

男人的摊位人气很旺。庆典一开始，他就脱下鸭舌帽，在秃头上扎好拧成绳状的头带，站在摊位前。

"欢迎！欢迎！排好队啊！排好队！"

男人边呱唧呱唧拍手边大声吆喝。

七未尽量不引起男人的注意，一点一点接近动物饼干。她一直在其他摊位上干逛，询价做样子，一步又一步，逐渐拉近距离。庆典开始一小时后，终于成功站到一伸手就能唰的一下掠走饼干的位置上。男人不耐烦地瞪了一眼站在旁边的七未，没有赶她走。不过，七未朝动物饼干伸出手的一瞬间，男人突然像恶鬼一般威吓起七未，表现出谁不老实就把谁当嫌犯报警抓起来的架势。七未一直在寻找机会。男人把奖品塞进袋子里时，跟客人说话时，补充找零用的钱时，有很多宝贵的瞬间。可最后，到第一天庆典结束时，七未甚至连饼干盒的边儿都没摸到。

客人们都走了，场子里的摊主们开始静静地收拾东西，把支撑摊位的架子和器材留在原地，只收拾货品，分别装上轻卡和小面包。庆典一结束，男人就摘下拧成绳状的头带，从兜里拿出鸭舌帽戴上。上车前，他又回头看了七未一眼，但什么也没说，就这样走了。

第二天，天气阴沉沉的。时针走到下午四点左右时，跟昨天一样，轻卡和小面包渐渐开始进场，男人也跟昨天一样，开始在相同的位置摆摊。他带着嫌弃七未的神情瞧她，从纸箱里取出货品，摆在台子上。动物饼干是最后一个被取出来的，好像故意让七未瞧似的，男人郑重其事，双手捧盒，轻轻放下，一点儿声音都没出。估计就是故意的，盒子的正面正对着七未。滴答，雨点落在一脸悠闲的小狮子的鼻尖。

祭典五点开始，快到五点时，雨下大了。男人从折叠椅上站起身，把顶在脑袋上的报纸哗啦哗啦揉成团，愤怒地扔在地上，粗暴地扯下盖在游戏奖品上的塑料布，一个接一个地往纸箱里塞那些小玩意儿，用力推搡站着不动的七未，让她靠边站，之后，扛着台子，把台子搬到停在广场角落里的面包车上。男人折回来后，旁边的烤乌贼店店主开口搭话。

"这就关门了？"

男人没有答话，默默开始收拾。其他的店主大概是想等雨停，大家都坐在自己搭建的雨棚下或帐篷里，悠闲地吞云吐雾，要么就是听广播。

男人坐进面包车，砰的一声关上驾驶室的车门，只把车窗摇下半扇，冲远处的七未喊道："喂！"

跟七未搭话，这还是头一次。

男人跷起大拇指，指指车上的后排座位。

是在说"上车"吗？七未摇摇头。男人又是一副想要说点儿什么的表情，可最终，他只是哼了一声，离开了。

第三天。昨天一直在下雨，下到天亮都没停过。男人走后，其他店主可能也都放弃了吧，他们站起身，准备收拾收拾回家。最后一辆车开走后，庆典会场空无一人，只有七未还在。一对母女打着伞，走进场子里。

"看，能明白吧？今天庆典不开门哦！"

母亲的语气很温柔，孩子却哭个不停。女孩身上披的红色雨衣跟雨伞是一个颜色的。呜，呜，就算母女二人已经走了，哽咽般的抽泣声依然回响在七未耳边，久久不能散去。

现在，动物饼干就放在七未眼前，放在右手稍稍一动就能摸到的地方。男人没往这边看。哇哇惊叫庆典的最后一天,男人的摊位前排起长长的队伍。

这就是男人的战术吗?故意让七未放松警惕,打算在她伸手的瞬间将她制伏,是吗?还是说,男人递出了无声的暗号,即"请吧,拿走吧,没事"?尽管如此,七未还是没有朝饼干盒伸出手。她很想拿,却没有拿。这是怎么了?从昨天夜里十二点左右开始,七未就连动都不能动了。欢迎,欢迎,排好队啊,排好队——男人的声音本应在旁边响起,听上去却像发自遥远深山的动物的鸣叫声或者其他什么。偶尔能听到庆典歌谣和一些人的笑声,以及烤乌贼发出的嗞啦声和人们啪啪的拍手声。这些声音,全部都很遥远。

有时候,意识会忽的一下走远。每当此时,七未就挣扎起来,心想:我得加把劲儿。不过,七未觉得自己已经不行了。动物饼干的轮廓越来越模糊,七未的视线笼罩在粉色的雾霭中。

"妈妈?"

似曾相识的声音传来,一直闭着眼的七未啪的一下睁开眼。

"妈妈?"

可能听错了吧。

"妈妈……是你吗?"

没听错,是七男的声音。七男!

"妈妈!"

那是七男。站在七未面前的,正是七男。

简直难以相信。是七男,是七男呀!七男!

"妈妈!"

真的是七男。他长大了。在那间公寓跟七未分开时,他七岁,现在多大了呢。七男上身穿一件蓝色长袖衬衫,下身穿牛仔裤,还戴着手表。七未见到了七男,这不是梦。七男,七男,七男!

"妈妈!"

七男刚要触碰七末,男人发出一声怒吼。

"别动!"

七男慌慌张张地把刚伸出的手又缩了回去。

"别瞎碰!排队去,排队!禁止加塞!"

男人强行将七男向队伍后方推。

"妈妈!妈妈!"

七男!七男!

七男被男人推搡着,排到了队伍末尾处。

"哎?这谁啊?"

七男身后,一个身穿连衣裙的少女忽地探出头来。

"她是我妈妈。"七男说。

"你……妈?"

"嗯,我的亲生母亲。之前跟你讲过吧?小时候,我们被迫分开了。"

"……啊,嗯……"

少女带着品头论足的视线瞧着七未。

"然后咧?你的亲生母亲,在那儿干什么呢?"

"在等我啊。"

听到七男说出这句话,七未明白,自己那道思念的心波已切实抵达对方的心坎里。

穿连衣裙的少女大概是七男的恋人吧。她像刻意卖弄一般,胳膊缠在七男的手臂上,用甜甜的声音撒娇。

"哎呀,别说啦,肚子饿了,我们去吃点儿好吃的嘛!"

"玩完这个就去。"

"不嘛,我不嘛!"少女耍起性子,"玩气枪多无聊啊!别玩啦,我们一起吃章鱼小丸子吧。"

"不好意思啊,你自己先吃,好吗?"

"我不要,一起去嘛!一个人全吃光要发胖的!"

"那给我留一半,搞定这边后,我马上过去。"

"真的？真的很快就能过来？"

"嗯，会的，我保证。"

"那好，我在章鱼小丸子的摊位前等你，快点儿来哦！"

目送少女离去后，七男再次将目光投向七未。七男所在的位置和七未站着的地方大约相隔五米。这段距离中，排着十位客人。

仿佛要让七未听得明明白白，七男张大嘴，用清晰的语调说话。

"妈妈，请在那里等着，等我过去。"

嗯，嗯，七未点头。从见到七男的那一刻，眼泪就止不住地流。七男被培养成了一个温柔的孩子。

队伍一点点变短了，每向前迈进一步，七男就看着母亲，点点头。就差一点儿啦，妈妈。看，又离你近了一步。妈妈，马上就轮到我啦，妈妈。

七男前面站着一位年轻的父亲，手里拉着一个小女孩,看着像小学低年级的学生。父女俩和七男一样,都在等待轮到自己玩气枪。

"爸爸,是动物饼干。"

从刚才起,女孩就频繁撒娇,想得到心仪的东西。

"知道啦,爸爸这就给你露一手。"

"一次一百。"男人伸出一只手。

父亲把事先准备好的百元硬币交给男人。

"正好哈!"

男人把百元硬币扔进放在台子中央的竹编小浅筐里,另一只手拿起一把长约七十厘米的气枪。

"爸爸加油!"

父亲露出从容的笑容。

"看着吧,爸爸一枪就能命中。"

父亲接过气枪,扛在肩上,瞄准动物饼干。一、二、三,三秒后,扣下扳机。

砰，软木塞子弹漂亮地击中了那盒动物饼干。

"爸爸好厉害！"

"很厉害吧！"

在手拿奖品嬉闹的父女二人身旁，男人已经在为下个客人做准备了。拉动枪栓，从兜里取出软木塞子弹，填进枪膛。

"一次一百。"

男人接过七男递来的百元硬币，把气枪交给他，向后退了一步。

七男的动作毫不迟疑，他没有像其他客人那样端枪瞄准靶子，而是转向七未，唰地朝她举起枪口，转眼间，就开了一枪。

砰，飞出去的软木塞子弹击中七未的右肩。

七未的身体大幅晃动，脚掌还立在地面上，上半身却像圆规一样回旋，这个姿态被某种作用力拉扯，身体向左侧倒去。

扑通一声，七未耳后的脑壳儿撞上架子一角，她脚下一滑，仰面倒下。随后，咚的一声，因先前的撞击，那个一等奖，那只纯金打造的招财猫砸在了七未脑门儿上。

"大奖送出。"男人敲敲钲。

七男把气枪放在台子上，打算默默离去。男人看着他的背影，连忙出声搭话。

"客人，你等等，别走啊。你忘拿奖品啦！"

"我不要。"七男说。

"怎么能不要呢……哎呀呀，那我可头疼了。中了奖，就得负起责任把它带走。"

"这东西没用，我不要。"

男人把手搭在七男肩上，把声音放低，低声恐吓他。

"客人，这套说辞，你以为能糊弄得过去吗？"

这时，远处传来呼唤七男的声音。

"七男,还没完事吗?章鱼小丸子要凉啦!"

"这就来!"

七男挥开男人的手,猛地跑开了。

男人"喊"了一声,挠挠秃头。接着,态度一转,身子向后一拧,大声喊起来,仿佛要让周围的人都听见。

"喂——!有人要吗?谁愿意把这东西拿走啊?白送了啊,白送!"

谁也不吭声。有好事之徒过来探究竟,念叨着"让我瞧瞧,送的什么",可大伙儿一看见脑袋和额头鲜血直流、躺在地上的七未,都惊叫一声,逃得飞快。

人群里,唯有一人面露担忧,过来看了看仰面朝天的七未。是拓哉。

七未说话了。

"……拓哉君。"

"你没事吧?"

"嗯。"

拓哉微微一笑。

身后站着的是他妈妈吧。拓哉对七未轻轻点头,打了声招呼,随后,和看起来很温和的中年女性一同消失在庆典会场里。

与方才那热热闹闹的气氛截然不同,男人的摊位前静悄悄的。都怪七未,客人们不来玩了。妈的!男人抱头苦思,用十分厌弃的眼神瞪着血流不止的七未。他长长地叹了一口气,不耐烦地弯下腰,呼的一下,提起七未的两只脚。他就这样拖着七未,把她往公厕后方的树丛里拖,摔在无人打理的草丛里。那里比摆着放长椅的区域更无人问津。他把那一带的杂草拔出来,没头没脑地往七未的肚子上一盖,又去公厕里解手,此后,便再也没有回来过。

没过多久,七未听到场子里传来男人那气势十足的吆喝声。

"欢迎！欢迎！排好队啊！排好队！"

七未边眺望那片没有一颗星星的漆黑夜空边倾听这个声音。男人的声音，场子里的各种声音，七未都能听见。扎上棉花糖口袋时的窸窸窣窣声，剥开贴在苹果糖外面的塑料膜时的哗哗声，一次性筷子被掰开时的咔嚓声，金鱼在水面蹦跳的声音，气泡的声音，心脏的声音。

七未怎么也死不掉。

终于，庆典结束了。即使传至耳中的只剩下虫鸣声，七未仍然没有死。

什么时候才能死呢，七未想。

看不见月亮，也看不见星星。

黑夜中，只有丝丝小雨降落下来。

这是个干净的、冷飕飕的清晨。

天空中，先死的大伙儿念叨着"七未是不是要过来了？是不是？"在等她。快呀，快呀，七七，快呀！

终于走到那边时，大家一起跑到七未身边。

"终于结束啦！"

"你很努力啦！"

大家这样说着，紧紧抱住七未。

某个夜晚的回忆

从学校毕业之后，整整十五年，我都是无业游民。我是怎么度过一整天的呢？躺在榻榻米上，边看电视边吃点心。父亲天天念叨，让我去工作，说不工作就滚出去。当时，我既没有工作的意愿也不想搬出家门，我想在榻榻米上躺平，躺到死为止。

在我还是个孩子时，我就这么想的。学校那地方，不想去，想尽量待在家里，悠闲地过日子。不过，父亲不允许我这么干。所以，接受义务教育的那几年，勉强去去外头。在外面，没留下什么好回忆。

一旦过上从早到晚都躺平的日子，两只习惯走路的脚就会逐渐变得动都懒得动。那时，我尽量不起身，总是很留心，保持趴着的姿势。

不管是醒着还是睡着，我都是一个姿势。偶尔在地上哧溜哧溜爬，爬去厕所。电视、纸巾、遥控器、漫画等生活必需品都放在榻榻米上。当我感觉到饿时，伸手就能够到摆在榻榻米上的点心。死活翻不到点心时，由于养了猫，就吃猫粮。算顺带吧，也借用过猫砂盆，经常跟猫打架。

一天，和平时一样瘫在榻榻米上看电视，父亲开始唠叨。又来了，我心想。我没听，左耳进右耳出。听到一半，想去厕所，我就在地上爬着走，去借猫砂盆一用。回来后，父亲把团成团儿的报纸往我脑袋上扔，啪啪啪，扔了好多个。我在屋里来回逃窜。在榻榻米上，还是我更灵活。父亲年轻时喜欢爬富士山，上年纪后，似乎很为腰痛一事而困扰。他想抓住我，每次来抓，都会喊声"啊呀好疼"。我从父亲胯下钻过去，蹭到走廊上。

"滚出去!"父亲在身后叫嚷,"别回来了!"

大门没锁,于是,我逃到了外面。

我鼓足干劲儿出了大门,意外的是,久未接触的外头,空气十分干爽。柏油马路上的丝丝热气带着暖意,传到手心里,和煦的阳光均匀洒落在我后背上。没错,眼下正是五月末。我一心一意,笔直地在眼前这条大道上往前蹭,自己也不清楚是在朝哪儿"走"。"走"着"走"着,我心想,父亲的余怒也该消了吧。"走"累了就去路边歇着睡上一觉,恢复之后,继续前进。

休息四轮后,我发现,自己迷路了。总觉得,向前"走"了很远,可到底是从哪个方向过来的呢?跟刚出家门时相比,传入耳中的脚步声明显增多。以我的视线高度而言,虽然无法确认周遭的景色,但是,感觉自己处于车站前或繁华街道等人群密集的场所。不知不觉间,天黑了,我的肚子已经饿得咕咕叫,叫了好一阵子。

眼前有爆米花掉落,于是,我捡起一粒放入口中。大概仰仗于经常在家里吃猫粮,能敏锐地尝出咸味,非常好吃。我随便打量一下周围,到处都是爆米花。一粒,又一粒,路过的人都静悄悄地看着我如痴如醉地吃着爆米花。"走"出家门后,已不知过了多久,这期间,路过我身边的人基本上都会避开我的身体,从我身上跨过去。外面的世界比我想象的更安全。我只被人踩过一次后背,对方一个劲儿地道歉,说:"对、对不起!对不起!我没注意!"反倒是我,有种对不住人家的感觉。不管怎么看,不合适的都是瘫在路边的我。

把爆米花都吃光后,我环顾四周,想看看是不是还有东西掉落在地面上。这时,天空忽然下起雨来。

我想找能避雨的地方。在转来转去的时候,雨势逐渐增大。终于找到一块干爽的地面时,夜已经很深了。

我找到的避雨处是一条带着屋檐的商业街。营业时间似乎已经结束,街道两旁都挂上了灰色的百叶窗,一家接一家。店外放着纸箱和垃圾袋。

之前吃下的爆米花已经完全消化掉了,胃里空空如也。我四处扒拉,转悠着找吃的,边找边往前"走"。"走"着"走"着,某家店铺前,一个黑色的小塑料袋映入眼帘。刚"走"过去,就闻到油花的香味。解开封口向里张望,是碎了的炸肉饼,塞得满满的。

我用指尖掏出肉块,尝了一口,微甜的红薯味在嘴里蔓延开来,肉末儿是沙沙的口感,被油炸透的湿润表层瞬间驱散了疲劳。我心无旁骛地吃着,嘴里塞满肉糜。全吃光后,我打了个嗝儿。就在此时,我感到有生物在向我靠近。

身后有东西,毫无疑问。猫?不,应该是体型更大的动物。是狗吗,还是野猪?虽然不知道是什么,但后脑勺儿能感觉到一股针刺般的视线。我战战兢兢地回过头,与此同时,心脏吓得像骤停了一样。那是人类。

一个人类男子,长发,半边脸都是胡子。令人吃惊的是,出现在那里的他与我保持着相同的姿势。

他的肚皮向下坠,贴在地面上,此外,直勾勾地盯着我瞧,像被定住了一样。我俩盯着彼此的脸对视了好一会儿,视线无法从对方身上移开。

首先有动静的是那男人。他从道路另一侧爬过来,哧溜,哧溜,接近了我。为与这男人正面相对,我慢慢转动身体,换了个方向。

对方前进多少步,我就前进多少步。男人的脸和我的脸,间隔越来越短。两米,一米,十厘米,五厘米,一厘米。我的鼻尖轻轻碰到了男人的胡子。这时,唰的一下,一道强光映射在我俩脸上。

"危险!"男人喊道。像地震了一样,轰隆隆的发动机声在向这边靠近。男人抓住我的手，我俩飞速退到路边。

是大卡车。橡胶轮胎的声音远去后，男人开口说话了。

"……那是垃圾车，每晚都这个时间过来转悠。"

"吓死我了……"

心脏咚咚直跳。

"过一会儿还会掉头开回来，这里很危险。"

男人转动身体，朝店与店之间的巷子里"走"去，我跟在男人身后。

大概是常走这条路吧，即使一片漆黑，男人也能咻溜咻溜向前"走"。赶路途中，我的脑袋撞上过硬物，脚被塑料袋模样的东西缠上过，每前进一步，都十分吃力。男人一直在等，等我从巷子里"走"出来。终于"走"出巷子时，"还能应付？"男人问我。

我点点头："嗯，凑合。"

"接下来就安全了,因为这条道路禁止车辆通行。"

说着,男人与我并排前行。不知不觉间,雨停了。我问他这是要去哪里,他说去他家。

"到啦!"

面前是道门扉。男人用额头顶着它,进了门。咯吱一声,门开了。

门扉里头就是正门。咚,咚咚咚,男人有节奏地敲了敲门,玄关立刻亮起灯。稍等片刻后,门从里头静静地打开了。越过男人的肩膀,我看见一双穿着白袜子的脚。

"这是我妈妈。"男人说。

"晚上好。"

尽管对事态的急速变化感到困惑,我还是打了声招呼。

妈妈手里拿着浴巾。我看不见她的脸,但能看见她系着跟袜子颜色一样的围裙。她用浴巾来回擦拭男人那湿漉漉的头发和胡须。妈妈的手很白，肉乎乎的，左手无名指上戴着一枚银色的戒指。擦拭完男人后，她开始用同一条浴巾擦我的头发。我诚惶诚恐，说着感谢的话语。

"不好意思，谢谢您。"

妈妈自始至终未发一言。

男人"走"过不带台阶的玄关，回过头说，请进。

妈妈走在前头。啪嗒，啪嗒，粉色拖鞋发出低调的声音。男人"走"在妈妈身后，我"走"在男人身后。走廊擦得干干净净，亮得反光，每"走"一步，脚下都会打滑。我试图用指甲钩住地面，每次这样做，男人就稍稍回过头冲我笑一下，像在笑话我。我们穿过走廊后，来到了一间大屋子。

"这里是客厅。"男人说道。

在花纹复杂的地毯上往前"走"，"走"过地毯后，又是一条走廊。

"这里是储藏室,这里是厕所。"他介绍道。

储藏室带推拉门。厕所门口,空气清新剂的香气从门缝底下散发出来。

"这里我没去过,这里我也不了解。"他又说。

他家好大,我们经过了无数道门。

不知从何时开始,妈妈那双白袜子和粉拖鞋消失在了视野中。男人在走廊尽头向左拐,在一道破破烂烂的隔扇前停住脚步。

"这是我的房间。"

男人用手指勾住隔扇上的破洞,拉开隔扇。

"请进。"

眼前是一间铺着榻榻米的屋子。

"当在自己家就行,妈妈会端茶过来的。"

在男人的催促下,我"走"进屋内。屋子干巴巴的,没什么装饰品。电视、闹钟、遥控器、枕头、纸巾，物品都堆在榻榻米上。书架只有两层，全是文库本。书架前叠放了三个坐垫，坐垫旁放着一沓毛巾。屋子的一角，一张宽宽的报纸盖在什么上，报纸下方似乎是猫砂。

一根又细又长的管子从上方垂下，我很在意眼前这根管子。用力伸长脖子抬头张望，管子似乎和一个很大的球体连接在一起。

"里面是水。"

男人伸出手，拽住软管，用嘴含住，咕咚一声，喝了一口。

"妈妈每天都会给我换水。"

突然，隔扇悄无声息地开了，有东西被推入房间内。

"谢谢。"男人说。

隔扇立刻关上了。

门口摆着一个盘子。男人伸出手，把盘子拉到身边。盘子里有两个附上吸管的杯子,两块湿毛巾,两个纸杯蛋糕。男人用湿毛巾擦了擦手,拿起一个纸杯蛋糕,还招呼我一起吃。

"吃吧,好吃着呢。"

烤成浅棕色的面团上点缀着杏仁薄片。

"那我就不客气啦!"

才吃完炸肉饼没多久,肚子饱饱的,但我已经忘了这码事,两三口就吃完了蛋糕。

"多谢款待。"

"吃得好快啊!"男人笑了。

"因为太好吃啦!"

"好吃吧?这是妈妈自己做的。"

"自己烤的呀?好厉害。"

"妈妈做点心是天才水准嘛。"男人的表情就好像被夸奖的是自己一样,"不管是日式点心还是欧式点心,只要是妈妈做的,都好吃。妈妈不仅点心做得好,家常菜也是一绝。"

男人似乎以母亲为傲。这样一位母亲,我还没能跟她说上一句话。

"我这种客人,会不会给你妈妈添麻烦啊……"

"没有的事,干吗这样想?"

"忽然就上门叨扰了呀。刚才跟你妈妈说了晚上好,可她没理我。"

"妈妈就是这样一个人。"男人笑了,"别担心,她也不跟我说话,从来都是我对着她自说自话。"

"不说话?你跟妈妈不说话?"

"不说。不过,这不代表关系不好。妈妈很厉害的,我的生活都是妈妈在打理。像这样端来吃的啦,用软管送来水啦,换猫砂啦,都会做,还会过来调节空调的温度,为我打扫房间为我洗衣服,每周六给我洗澡。今天周几了?"

"你妈妈好爱你呀!"

"那倒没有,妈妈只是人好罢了。"

男人拿起遥控器,打开电视。

"《猜谜!嘿咻》是周四播出啊。"

男人拉过两个坐垫,一个递给我,一个垫在自己下巴底下。他紧盯着电视画面,主持人一抛出题目,他就能答出来,比谁都快。

"上杉谦信!"

"……答对了。好厉害!"

"我历史学得好。"

听他这么一说,我发现书架上摆放的文库本真都是历史小说。

"山口县!"

"……又猜对了。神了!"

好一会儿,男人都沉浸在猜谜活动中。趁节目进了中插广告,我第一次问起男人的姓名。

"Jack。"男人报出名字。

他那长相，怎么看都是东方人。

"别笑话我啊。"

"没有啦。你妈妈给你起的名字？"

"妈妈的儿子起的。"Jack说，"儿子叫'昇'，是个小学生，大概上三年级吧。这会儿可能在洗澡。"

"你弟弟？"

"哪儿有这种好事。"Jack皱起眉头，"以前倒是很可爱，最近，昇的待人态度和说话语气都很蛮横，说实话，挺让人受不了的，自以为是，老命令别人干这干那。"

"给你起名字的是你弟弟？"

"说了呀，不是弟弟。昇嘛，是发现我的人。Jack这名字，是昇迷得不行的动画片主人公的名字，当时，他还在上幼儿园。我也不是不喜欢这名字，不过，还是希望妈妈来给我起名字。"

"什么意思？你妈不是你真正的妈妈？"

"妈妈就是妈妈。"

这时,门外传来脚步声。啪嗒啪嗒,有人光脚在走廊上跑步,既没穿拖鞋,也没穿袜子。

"他来了!"Jack 说。

房间隔扇被人气势如虹地拉开,同时,来人发出一道嘹亮高亢的叫声。

"哇!哇!哇!哇!"

被太阳晒黑的两只小脚毫无章法地在榻榻米上接近我俩,跟脚一个颜色的脸自下而上,窥视着我的脸。

"真的找到了!"

"这就是昇。"Jack 在旁边对我耳语。

"妈妈!妈妈!"昇朝走廊上大喊。

"来啦!"远处传来回应声。

"快来!快点儿!"

很快地,穿着白袜的脚出现在隔扇后方。

"快看！"昇指着我说。

"我知道。"妈妈回应道。

意外地，声音很低沉。

"咦！你怎么知道？"

"因为给这人端茶送蛋糕的是妈妈我呀！"

"呀！为什么不问一声就这么干呀！"

"你在洗澡呢，不是吗？"

"为什么不立刻告诉我！端蛋糕的事，该我干呀！妈妈总是先端走，是不是？不带这样的！"

"哎哟，是吗？那，从明天开始，你来给这些人端蛋糕？茶也你端，水也你换，饭菜也你来准备？被褥你铺，猫砂你换，洗澡也是你来帮他们洗？"

"我来！"

"净吹牛！照顾Jack时，说要把事情都干了，结果，还不是妈妈我一个人在照顾他。"

"这回我是认真的！从明天起，都由我来干！妈妈，你什么都不要做！"

"好好好。"

"好厉害呀，真的找到了。Jack真的很受欢迎呢！"

"呵呵，好像是呢。"

"哎，会生出孩子吗？"

"不可能立刻就生啦！"

"那什么时候生？"

"今天刚到的，习惯了之后才行吧。"

"不能早点儿生吗？孩子的名字我都想好啦，就在King、Ganma、Golimall里选一个。哪个好听呢？"

"怎么都是男孩名？要是生了个女孩呢？"

"女孩名好难起。妈妈，你想一个？"

"唔，Happy。"

"那不行！好难听。"

"哦？我觉得挺好的。那把Happy这名字给这个人吧。"

"嗯，那还不错。喂，你叫 Happy 哦，行不？"

我听得云里雾里，只好点点头。

"哈哈，在说'嗯'呢，她很高兴。Happy，从今天开始，你跟 Jack 就是夫妻啦，要生很多孩子哦！"

"好啦，有话明天再说吧，该睡觉了。"

"我不！爸爸还没回来呢，我不睡。"

"不是说了吗，爸爸今天开会，很晚才下班，回来时都大半夜了。"

"那我就半夜再睡。"

"别胡说！"

啪，脑袋吃了一巴掌的声音。

"知道啦，我睡。那，等我一下哦！"

说着，昇走了出去，很快又回来了。

"这给你。"他把一盒牛奶放在我面前，"Jack 也一起喝。"

"谢谢。"Jack 说。

妈妈拉开壁橱搬出铺盖卷，跟昇一起，把被褥铺好。他俩忙活时，我和Jack挪动到屋子角落里。一床被褥上并排放了两个枕头。

"Jack，Happy，晚安。"昇说。

"晚安。"Jack说。

隔扇关上了。脚步声远去后，屋里又回到只剩下我俩的状态。猜谜节目不知不觉间播完了，电视画面变成了观测下的陨石降落在某国的新闻。

我有很多问题想要问Jack。犹豫着该从哪个角度开始问时，Jack先开了口。

"……你叫Happy呢。"

"别笑话我啊。"我说。

"不会啦，"Jack说，"多可爱的名字，妈妈就是有品位。倒是昇，说什么来着？King、Ganma、Golimall？这些名字都很强啊。"

"昇说的是，这些是孩子的名字。"

"嗯。"

"这是什么意思？我得给Jack你生孩子？"

"啊，不，这个嘛……"

"昇不就是这个意思吗？他说，是你找到了我。"

"嗯。"

"那是什么意思？"

"唔，"Jack捋了捋胡子，"……其实吧，在很早以前昇就说过，说让我找妻子。"

"妻子？"

"昇很烦人，我不顺从他，他肯定跟我没完。所以，这阵子，我每天晚上都出门，去找妻子，可怎么也找不到。今晚，我终于找到了。当然，你要是不愿意，可以拒绝我……"

Jack一脸为难，低下了头。今天刚跟他见面，他就向我求婚了。

"……我做你妻子，真的合适？"

"那还用说！"

Jack的气息拂到脸上，一股甜甜的味道，是刚刚吃过的蛋糕。Jack目不转睛地望着我，眼睛里写着一句话："我只要你。"

我只要你——我也是这个想法。初次与他四目相对时我就明白了，除了他，别人我不要。

我连忙冲他低下头："请多关照。"

"啊，太好了。"

Jack长出一口气，随后，朝昇放下的牛奶伸出手，细致地剥下包裹在吸管外的透明袋子，在我左手无名指上卷了一圈，打了个结。

"模拟一下戒指吧。"

我俩坐在妈妈铺好的被褥上，一起喝牛奶。两个脑袋扎在一起，笑嘻嘻地喝着。Jack那柔软的胡须无数次地触碰到我的脸颊，一被碰，牛奶就差点儿喷出来。今早走出家门时，根本没想过会遇到这种事。今后，我应该会无数次地和 Jack 一起坐在这里，像现在这样喝着牛奶吧。大概也会和 King、Ganma、Golimall 坐在一起，笑嘻嘻地喝牛奶。

还是令人难以置信。虽然现状叫人难以置信，但事实就是事实。刚刚得到的"模拟戒指"，正在我左手无名指上闪闪发光。

突然，我开始惦记起父亲。别说男朋友了，我连能算作男性熟人的对象都没有。这样的我突然说要结婚，父亲会露出怎样的表情呢？肯定特别惊讶吧。或许会大吃一惊，然后高兴地流泪。以前净给他添麻烦，这下子，总算能让他放心了。

一看闹钟，马上要到十点了。被赶出门已将近半天时间，再怎么说，气也消了吧。

"我说，Jack，能不能现在去趟我家？"

Jack 愣住了，嘴里还叼着吸管。

"去哪儿？"

"家,我家。"

"……你有家?"

"说是我家,其实是我爸爸的房子。"

"你爸爸?你有爸爸?"

"有啊,虽然没有妈妈。我想把你介绍给爸爸。虽然有点儿晚,可不管怎么说,总得回一趟家,不然,爸爸会担心我的。机会难得,Jack,一起来吧。"

"你,你在说什么呀,不行,那怎么可能呢。"

"为什么?"

"还问为什么……我没法儿去,不可能去呀!"

"打个招呼说要结婚,不就行了吗。只是告知一下'我们要结婚'这件事。"

"哪有你说的这么简单。所谓'打招呼',肯定行不通啊。"

Jack的表情很悲伤。

"怎么说你都不能去吗?"

"不能。抱歉……"

"明白了，那我一个人去，虽然有点儿遗憾。明早我会回来的。"

我从被褥上爬开，手指勾住隔扇上的破洞。

"不行！你不能走！"Jack突然用力拽住我的脚踝。

"哎呀，你怎么啦？只是回家跟父亲打声招呼，明天我就会回到这里的。"

"不要走。"

"你要是这么担心我，那，我连夜赶回来。"

"真的？"

"真的。"

"真的会回来？"

"会回来。"

"我觉得，你不会回来了。"

"会回来的。"

"你保证？"

"我保证。"

Jack静静撒开手,不再拽着我的脚踝。我俩勾了勾手指。

我来到走廊上时,听见某处传来有人洗澡的声音。应该是妈妈。昇大概已安静地进入梦乡,听不见任何脚步声和说话声。

朝玄关走去时,一直跟在身后的Jack说:"不是那边。这个时间,玄关已经上锁了,走这边。"

之前经过那边,是道推拉门。Jack说过,那里是储藏室。拉开拉门,里面一片漆黑。进去后,脑袋立刻撞在箱子模样的东西上。小心点儿,Jack说。我在家具腿之间和纸箱与纸箱的缝隙间勉强扭动身子,总算来到窗边。

"这里能出去。"Jack掀开窗帘下摆,"只有这里的锁是坏的。"

"谢谢。"

窗户开了，宽度只够我挤出去，冷风扑面而来。是因为外头有街灯吗，比起家里，外面反而更加明亮。

因为高度的落差，我小心地用手撑在草叶上，下到庭院里。回头一看，Jack 正看着我，脸上带着从未见过的、泫然欲泣的表情。这时，我第一次察觉到，尽管他脸上长满胡须，可他其实很年轻。

"跟妈妈也说一声。"我说。

"嗯，我会说的。"Jack 说。

"我很快就回来。"

"我等你。"

我按照 Jack 的嘱咐向右拐，那里有一道门扉。用额头顶着也打不开，因此，我从下方钻了出去，来到街道上。穿过狭窄的小巷来到商业街后，才注意到自己犯了个严重的错误——我根本不知道自己家在哪个方位。

我茫然了。仔细想想，连眼下身处的街道叫什么名字都不知道。跟 Jack 借张地图吧，我心想。正打算原路返回时，眼前唰的一下亮起来。与此同时，耳边传来地震了一样的轰隆隆的发动机声。这是今天第二次听到这个声音。来不及逃跑，我被车子碾了过去。

碾过我身体的，是辆垃圾车。开车的是市级公务员，因此，事情上了报纸。谁能想到，有人会睡在道路正中央呢——警察做调查时，司机好像是这样回应的。因为这场事故，三个月后，我的身体才痊愈。

恢复意识后，我听说了事情的整个经过。我既不知道自己伤到了什么程度，也不知道报纸报道了这起事故。被紧急送往医院后，整整一个星期，我都躺在医院的病床上，昏迷不醒。等睁开眼时，第一眼看到的是父亲。真由美，真由美，他不断地呼唤我的名字。

"爸爸，我结婚啦！"

我好像笑着说了这句话。旋即，再次昏迷不醒。

父亲、医生、护士，没有一个人相信我说的话。"因车祸的冲击，你分不清梦与现实的区别。"——一直听人这样说，渐渐地，自己也不知道什么是真的。回过神来时，无名指上系着的"模拟戒指"也不见了。无论如何，我想亲眼确认这一切，出院后，便立刻赶去事故现场。车子碾轧我的地方离我家两公里远，在一条拱廊商业街上。那天，飞奔出家门后，我以为自己跑到了很远的地方，其实，我只是在街道上瞎转悠。

商业街全长五百米，我拄着拐杖，在街上走。

穿过入口向前走十米左右，就能看见肉铺。肉铺门口正在出售炸肉饼，我买了一个，尝了尝。刚咬了一口，我就坚信，没错，是它。温度和口感不一样，不过，从黑色袋子里拿出来一尝，就是这个味。

肉铺右边是蔬菜商店，左边是药房。肉铺和药房之间有条只供一人通过的狭窄小路。躲开垃圾和破烂儿穿过小巷，一出来，就是条设有"车辆禁止出入"标识的街道。街道对面，是一整排结构相似的房子。

颜色相同的屋顶，形状相同的窗户，相同颜色的墙壁一字排开，家家户户，门外都安装着铁栅栏门。我一家一家地按门铃，隔着对讲机，询问户主家里是否有叫 Jack 的家庭成员。

"没""没有""您是不是搞错了"，每家的回答都是一样的。若答话的女性声音低沉，我就心神不宁，忍不住问："是不是妈妈？"对方回："您是哪位？"我就说："我是 Happy。"对方回："我要叫警察了。"我无数次地与人重复这样的对话。最终，我没能完成与 Jack 再见一面的约定。

自那之后，已过去十年。当时，我是个无业游民，如今，为了维持生计，我每天都出门上班。把丈夫和孩子送出门后，骑着自行车去工厂干兼职。从上午九点到下午三点，一个劲儿地往装护手霜的容器上啪唧啪唧贴标签就是我的工作。大概是合我的脾性吧，要说干这个有没有乐趣，还是有的。跟着节奏活动手腕和手指，每月二十日发薪，早会后做广播体操，跟一起做兼职的小伙伴们边吃便当边说不在场的人的坏话，出门工作这件事，比我想象的更有意思。

七年前，经父亲的熟人介绍，我与大我三岁的丈夫相亲认识，结了婚。结婚后，丈夫立刻接到工作调动，不久后，我们就搬到了邻县。一起搬过来的父亲在第二年冬天心脏病发作后病倒，失去了意识，两周后便撒手人寰。像与父亲的死擦肩而过一样，我的儿子出生了，上个月刚刚升入小学。可能是随了爱运动的丈夫吧，他特别喜欢活动身体，从三岁开始，就接连学会了游泳跟体操，最近又说想学踢足球。生活开支月月增高，但只要孩子想要挑战自我，丈夫也好我也好，一概放手让他去做。

最近，家务和兼职都压在身上，一整天转眼就过去了。若在过去，这是无法想象的节奏。如今，人越忙，越觉得生活得很充实。我很感慨，感慨于人是会变的这一事实。生活忙碌又平静，家里有温柔的丈夫和可爱的儿子，对这样的生活，我没有丝毫不满。即便如此，偶尔，脑中还是会忽地闪过某些瞬间。

比如，清晨，往便当盒里塞满饭菜时，在阳台上晾晒洗好的衣物时，上班途中等红绿灯时，为丈夫熨平衬衫时，我会想，如今，他在干什么呢？

会笑吗？会生气吗？会哭吗？会在昇的命令下去寻找我之外的人吗？会和那个人生下King、Ganma、Golimall吗？还是说，依然在那个房间里等着我，等着说好要回去的我？

那个夜晚，他的胡须碰到了我的鼻尖。那种触感至今仍在，从未消失。

图书在版编目（CIP）数据

变成树的亚沙／（日）今村夏子著；朱娅姣译．——
北京：中国友谊出版公司，2023.9
ISBN 978-7-5057-5644-1

Ⅰ．①变… Ⅱ．①今… ②朱… Ⅲ．①短篇小说－小说集－日本－现代 Ⅳ．①I313.45

中国国家版本馆CIP数据核字(2023)第096356号

著作权合同登记号 图字：01-2023-1967

KI NI NATTA ASA by IMAMURA Natsuko
Copyright © 2020 IMAMURA Natsuko
All rights reserved.
Original Japanese edition published by Bungeishunju Ltd., in 2020.
Chinese (in simplified character only) translation rights in PRC reserved by
Beijing Creative Art Times International Culture Communication Company,
under the license granted by IMAMURA Natsuko, Japan arranged with
Bungeishunju Ltd., Japan through Beijing Kareka Consultation Center, PRC.
Illustration copyright © KIHARA Misaki

书名	变成树的亚沙
作者	[日] 今村夏子
译者	朱娅姣
出版	中国友谊出版公司
发行	中国友谊出版公司
经销	新华书店
印刷	北京通州皇家印刷厂
规格	787×1092毫米 32开 5.75印张 66千字
版次	2023年9月第1版
印次	2023年9月第1次印刷
书号	ISBN 978-7-5057-5644-1
定价	45.00元
地址	北京市朝阳区西坝河南里17号楼
邮编	100028
电话	(010) 64678009

如发现图书质量问题，可联系调换。质量投诉电话：(010)59799930-601

出 品 人：许　永
出版统筹：海　云
责任编辑：许宗华
特邀编辑：尚敏佳
插画绘制：木原未沙纪
封面设计：墨　非
内文设计：万　雪
印制总监：蒋　波
发行总监：田峰峥

发　　行：北京创美汇品图书有限公司
发行热线：010-59799930
投稿信箱：cmsdbj@163.com

创美工厂
官方微博

创美工厂
微信公众号

小美读书会
微信公众号

小美读书会
读者群